BBULMEDIA

http://www.bbulmedia.com

BBULMEDIA
http://www.bbulmedia.com

천하제일 호위무사

천하제일 호위무사
1
무림학관으로
이민우 신무협 장편 소설

차례

작가 서문

저자는 장르 문학 특유의 재미와 그 속에서만 찾을 수 있는 깨알 같은 웃음을 좋아한다.

그것은 쉬이 현실에서는 접할 수 없는 것들이다.

천하제일 호위무사는 그러한 것들을 간접적으로 느끼고자 쓴 작품이다.

해서 우선적으로 쾌활하고 유쾌함을 추구한다.

내가 좋아하는 것과 내가 추구하는 것들을 작품 속에 담으려고 노력하지만, 역량의 부족으로 많은 부족함을 느낀다.

조급하지 않게, 하나하나 천천히 노 젓는 기분으로 나

아가다 보면 언젠가는 내가 원하는 곳으로 흘러갈 수 있지 않을까 하는 바람을 가져 본다.

마지막으로 천하제일 호위무사를 위해 애써 주시고 계시는 뿔미디어 관계자분들께 다시 한 번 감사의 인사를 드린다.

제1장
청부 의뢰

하북성(河北省).

북부 지방에 자리 잡은 곳으로, 광활한 곡창지대를 가진 북부의 대농업 지대이다.

하북성 동쪽 끝에 위치한 한 외딴 마을.

해가 지고 어둑어둑해질 무렵, 마을 어귀에서부터 그림자 하나가 어른거리며 마을 안으로 걸어 들어온다. 흑의경장 차림의 죽립을 눌러쓴 사내이다. 허리에는 칼을 차고 있는 것이 무인인 모양이다. 사내는 잠시 두리번거리더니, 광장을 지나쳐 여러 갈래로 이어진 골목으로 발걸음을 옮긴다.

그곳은 홍등가로 바로 이어진 골목으로, 골목 초입부터 지분을 바르고 나온 여인들이 손님을 맞을 준비에 분주하게 움직임을 보이고 있었다.

"호호호, 벌써부터? 급하셨나 보다."

입구 초입에서부터 벌써 꽃단장을 끝마친 여인 하나가 사내의 옷깃이라도 잡아끌 요량으로 손을 뻗었다가 흠칫 놀라며 그대로 얼어붙고 말았다. 만일 이대로 사내의 옷자락을 잡았다가는 그의 허리춤에 있는 칼이 뽑혀져 나와 자신의 손을 자를 것만 같았다. 아니, 아마 틀림없이 그러할 것이다. 그것은 홍등가에서 잔뼈가 굴러먹은 여인의 본능적인 직감 같은 것이었다.

그것은 정확히 일 장의 거리를 두고 벌어진 일이었다.

얼빠진 모양으로 사내가 가는 것을 쳐다만 보고 있는 여인에게 이제 갓 스물이나 넘었을까 싶은 앳된 여인이 다가와 물었다.

"왜 그래요. 언니?"

그 말에 정신이 든 여인이 한숨을 내쉬며 고래를 절레절레 흔들었다.

"휴우… 무림의 사내인가? 큰일 날 뻔했네."

"뭐가? 왜 그러는데요?"

"왜 그런 말이 있잖아. 무림의 사내는 만지지도 건드리지도, 상종하지도 말라. 쳇, 재수가 없으려니까 영업개시부터 이 난리람. 그나저나 저리로 가면 무황이가 있는 곳인데?"

"무황이요? 그게 누구예요?"

"왜 있잖아. 여자 무지하게 밝히는 어린놈."

"아! 그 색마?"

묻는 여자의 얼굴에는 호기심이 가득하다.

줄곧 이곳에서 지내면서 사내에 대한 이야기만 무성했지 실제로는 자신도 사내의 모습을 본 적이 한 번도 없었다.

듣자 하니 나이는 이제 막 약관을 넘었지만, 외모는 그보다도 조금 더 어려 보인다고 했다.

아직 세상 물정도 모를 나이에 외모 또한 어려 보이니 그게 무슨 남자일까 싶기도 했지만 그에 대한 소문을 듣자니 누구라도 호기심이 생길 법하다.

소문에 의하면 그 무황이라는 사내와 동침을 한 여인이라면 그날 밤을 잊지 못해 매일같이 그를 떠올리는 것만으로도 행복한 미소를 띠우니 그에 대한 소문은 이곳 마을은 물론 하북성 전체에까지 퍼져 있었다.

그와의 밤을 못 잊어 매일같이 한숨을 내쉬는 여인이 수십이요, 그의 앞에서 옷고름을 풀고 싶다는 홍등가의 여인이 수백이다. 하지만 그는 한 번 찾은 여인은 두 번을 찾는 법이 없었고, 매일같이 새로운 여인을 찾아 헤맨다는 하북성 제일의 풍류 남아였다. 하지만 그것도 이제 뜸해 최근 그의 얼굴을 보았다는 여인은 없었다.

그런 그의 거처가 저런 허름해 보이는 골목에 있다니 누구라도 호기심이 동할 법하다.

그 모습을 보고 늙은 여인이 혀를 찼다.

"쯧쯧, 너도 이제 이쪽에 발을 담갔으니 잘 알아 두어야 할 거야. 행여나 그놈한테 마음을 주면 안 돼. 그 반반하게 생긴 얼굴과 세치 혀에 농락당한 년들을 한 줄로 세워 놓으면 여기서부터 광장까지는 이어질 테니."

"그 사내가 그렇게 인기가 많아요?"

"행실이 조금 그래서 그렇지. 얼굴 잘생겼지, 언변 뛰어나지, 여자 마음 잘 헤아려 주지. 성격도 나쁘지 않은 것 같고… 그리고 무엇보다도 이게 최고라는 거 아니겠어?"

늙은 여인은 주먹을 꽉 쥐며 좌우로 흔들었다.

그 모습을 보고 여인이 자지러질 듯이 웃음을 터트렸다.

"호호호호! 세상에 그 정도예요?"

주먹은 그녀들이 발을 담구고 있는 세상의 표현법.

엄청나게 크다는 표현이다.

수십 년을 이 바닥에서 굴러먹은 노류장화의 말이라면 어느 정도 신빙성을 갖으리라.

"내가 십 년만 젊었어도 내 기둥서방으로 앉혔을 텐데."

젊은 여인이 은근한 어조로 물어봤다.

"그러면 제가 한번 도전해 볼까요?"

"아서라. 그러다가 그놈한테 빠져 아직도 헤어나지 못하는 년들이 이곳에만 열이 넘는다. 무엇보다 넌 못생겨서 안 돼!"

"피!"

여인의 입술이 쌜룩거렸다.

◈ ◈ ◈

홍등가에서부터 이어진 골목 후미.

그곳의 맨 끝에는 판자로 만든 허름한 집이 세워져 있다.

출입문 위에는 조그마한 폿말이 걸려 있었는데, 그곳에는 무영이라는 조그마한 글씨가 쓰여 있다.

이곳이 언제부터 자리 잡고 있었는지는 아무도 몰랐다.

홍등가에서 가장 오래된 노류장화가 이곳에서 보낸 세월이 삼십 년. 그 여인이 이곳에 오기도 전부터 존재하던 판잣집이라니 그 유구한 세월을 버텨 온 판자들에게 고맙다고 감사의 인사라도 할 판국이다.

그런 그곳에서 희미한 불빛이 밖으로 새어 나오고 있었다.

끼이익—!

판잣집 문이 열리면서 요란한 소리를 냈다.

문 뒤로 조금 전에 홍등가를 지나쳐 왔던 흑의경장의 사내가 보였다. 사내가 집 안 내부를 훑어보면서 인상을 찌푸렸다. 겉보기에도 형편없었지만, 실내는 더욱더 형편없었다. 구석 곳곳에 거미줄이 쳐져 있고, 어디선가 매캐한 냄새도 풍겨 왔다. 있는 것이라고는 덩그러니 탁자 하나만이 놓여 있었다.

사내가 집 안으로 걸음을 내딛으면서 말했다.

"계시오?"

잠시 후, 안쪽에 조그맣게 생긴 문이 열리면서 부리부

리하게 생긴 장한이 걸어 나왔다.

"뉘시오?"

"의뢰를 하러 왔소만."

"하아아아암! 어디서 왔소?"

장한은 입을 쩍 벌려 하품을 크게 했다. 고개를 젖히고 목젖까지 보일 만큼 큰 하품이었다. 눈가에는 찔끔 눈물도 보이면서 오른손은 사타구니 사이를 긁고 있었다. 그 격의 없는 행동에 흑의경장 사내는 인상을 찌푸렸다.

"이곳 책임자를 만나면 이야기하겠소."

"그냥 나한테 이야기하면 되오. 여긴 나밖에 없으니까."

장한이 히죽거리며 대답했다.

"감히!!!"

흑의경장이 살기를 일으켰다. 은연중에 그 기세가 뻗어 나갔는데, 숨이 막힐 듯한 기세가 장한에게 쏘아져 갔다. 그 기세만으로 미루어 보건대 흑의경장의 무공 수위는 일류 수준에 가까워 보였다.

만일 무공을 익히지 않은 일반 사람이 일류고수의 살기에 노출된다면 아마 숨이 막혀 질식할지도 몰랐다. 이것은 눈앞의 장한을 혼내 주기 위함도 있었지만, 장한의 수준을 시험해 보고자 하는 의도도 깔려 있었다. 무공을 익힌 고수들끼리는 종종 이런 식으로 상대의 실력을 가늠짓기도 했다.

장한은 목덜미를 어루만지며 능청을 떨었다.

"잘못하면 사람 죽이겠네. 무림맹에서는 그렇게 가르치나 보오?"

흑의경장 사내가 몸을 움찔거렸다. 자신의 살기를 아무렇지도 않게 받아넘기는 것을 보건대 이자의 무공 실력은 최소한 자신과 비슷한 수준. 저렇게 무방비 된 상태에서 내공도 끌어올리지 않고, 일류고수의 기세를 아무렇지도 않게 받아넘긴다는 것은 자신이라도 손쉽게 할 수 없는 일이었다.

흑의경장의 사내는 살기를 거두지 않은 채 물었다.

"어떻게 알았나?"

"놀랄 것 없소. 대단한 것도 아니니. 검 손잡이에 실을 꼬아 매듭을 짓는 방식은 황기철 방주가 주로 쓰는 표식인데, 황기철방에서 생산되는 물건들은 모두 무림맹에 귀속되어 있고, 황기철 방주가 직접 만든 검은 무림맹의 일류고수급들에게 나누어진다고 들었소. 돌머리가 아닌 이상 그 정도 추리 정도는 해야지. 이 바닥에서 밥 먹고 살려면. 안 그렇소?"

다른 건 몰라도 장한의 눈썰미만큼은 인정하지 않을 수가 없었다.

흑의경장의 사내는 살기를 거뒀다.

장한이 그 모습을 보고 또다시 히죽거렸다.

"이런 밤중에 혼자 온 것을 보면 이것은 무림맹에서 하달되는 일이 아닌 비공식적인 일이고, 하필 이곳에 찾아온 것을 보면 누구에게도 알려져서는 안 되는 중요한 일인가 보오. 안 그렇소?"

흑의경장 사내가 고개를 끄덕였다.

"네 말이 맞다."

"미리 말하지만 우리는 사람 죽이는 일은 안 하오. 살인청부를 하려거든 살막이나 가 보슈."

"살인청부는 아니다."

"살인청부가 아니라면 도대체 무슨 일인데 그렇소? 어지간한 일이면 맹에 있는 무사들로도 충분할 텐데. 요즘 무림맹에 사정이 안 좋다더니 그 말이 진짜요? 이런 촌구석까지 걸음을 다 하시고?"

"황 어르신께서 보내서 왔다."

"황 어르신이라 하면?"

"황오현 장로님."

장한이 무르팍을 쳤다.

"아하, 무림맹의 황 장로님께서 보냈구려. 난 또 누구라고. 왜요? 가지고 간 약이 잘 안 듣는다고 하더이까? 흠. 이상하군. 그 약이라면 십 년의 신혼생활은 끄떡없을 텐데. 재료가 조금 구하기 힘들어서 그렇지 효과는 확실한……."

흑의경장 사내가 헛기침을 토해 냈다.

"크흠!!!!"

"아차, 나도 모르게 고객님의 정보를 유출할 뻔했네. 하지만 뭐 그쪽도 이미 알고 있는 사실이니 대단한 비밀도 아니지 않소?"

장한이 새하얀 이를 드러내 보이며 웃었다.

그 웃음이 경망스럽기 그지없다.

흑의경장 사내가 그의 모습을 보고 불쾌한 표정을 감추지 않았다.

솔직히 자신이 이런 곳에서 저런 놈과 대화를 하고 있는 것 자체가 그에게는 이해할 수 없는 일이었다.

황오현 장로가 보내서 온 것이기는 하지만, 무림맹의 앞날이 걸린 이런 중대 차의 일을 이런 삼류 거렁뱅이 같은 작자에게 맡겨야 한다니 도저히 자신은 납득을 할 수가 없었다. 하지만 이미 이것은 맹주 또한 수락한 사항이니 자신이 거기에 대해서는 뭐라고 말할 처지는 아니었다.

흑의경장 사내는 신경질적으로 호주머니에 있는 주머니를 탁자에 던졌다. 주머니는 정확히 탁자 가운데로 던져졌다.

탁!

"이것은 선수금이다. 금으로 환산하자면 족히 십만 냥은 될 것이다!"

장한의 눈이 휘둥그레졌다.

"십만 냥?"

쌀 한 가마니가 대략 다섯 냥 정도.

서른 냥이면 한 식구가 한 달을 먹을 식량을 구입할 수 있는 돈이다.

천 냥이면 어지간한 중소 문파의 일 년치 예산. 무림맹이 아무리 거대한 단체라고는 하지만 십만 냥은 무림맹의 일 년치 예산에 육박하는 엄청나게 큰돈이었다.

"일이 끝나면 십만 냥을 더 주마."

장한은 호주머니를 열어 내용물을 확인하면서 물었다.

주머니 안에는 묘안주와 홍안에서만 나온다는 홍옥, 비취 등의 보석들이 가득 담겨져 있었다. 지방의 유지들이라고 하더라도 손쉽게 구경할 수 없는 큰돈이었다.

"도대체 무슨 일인데 그러시오? 이 정도면 황제의 옥쇄라도 훔쳐다 줄 수 있소만?"

"그런 것은 필요 없다. 다만 한 여자를 지켜 주면 된다."

"호위 일이요?"

흑의경장의 사내가 고개를 끄덕이며 말했다.

"기한은 삼 년. 삼 년 동안만 그녀가 죽지 않게 지켜 주면 된다."

"뭐 그 정도 일 가지고 이십만 냥이나 쓰고 그러시오? 이 정도 돈이면 일류급 무사를 몇 십 명도 고용할 수 있소만. 혹시 이중에 가짜가 섞여 있는 것은 아니겠지요?"

장한은 보석을 집어 하나하나 살펴보며 말했다.

그의 눈에는 탐욕으로 번들거리고 있었다. 그 모습을 보고 흑의경장 사내가 눈살을 찌푸렸다.

'천박한 놈! 장로님은 왜 이런 놈에게 일을 맡기려고 하는지 이해할 수가 없네.'

"대신 아무도 모르게 은밀히 지켜 줘야 한다. 그녀조차도 보호받고 있는지도 모르게."

"큭큭. 그 정도야 호위의 기본 중의 기본이지. 근데 그녀의 신분이 뭐요? 혹시 숨겨 논 맹주의 딸이나 뭐 이런 것은 아니겠지요?"

장한이 툭 내뱉은 말에 흑의경장 사내가 움찔거렸다.

그 반응이 재미있었는지 장한이 다시 말을 이었다.

"어? 정말인가 보네? 맹주에게 딸이 있었소?"

흑의경장 사내가 서릿발을 풍기는 표정으로 싸늘하게 소리쳤다.

"헛소리! 쓸데없는 추측은 하지 말도록! 네가 지켜 줘야 할 여인은 당문화라는 소저다!"

"당문화?"

어디선가 많이 들어 본 이름이다. 그리고 그 이름을 듣는 순간 사천당가에 말괄량이가 한 명 있다는 것을 상기시켰다.

당씨라는 성이 흔한 성은 아니고… 장한은 혹시나 하는 마음에 물어보았다.

"혹시 사천당가?"

"맞다."

"설마 사천당가에 말괄량이?"

…….

침묵은 무언의 긍정.

순간 장한의 얼굴에는 의의함이 물들었다.

"그런데 당가의 여식을 왜 무림맹에서 지켜 준단 말이오? 당가가 무림맹에서 차지하는 비중이 높다 한들 여식 하나 지켜 주는데 이십만 냥을 투자할 만큼 무림맹이 풍족한 것은 아닐 터인데?"

확실히 이상한 일이다.

더군다나 이십만 냥이라는 거금을 들여가면서 말이다.

흑의경장 사내는 질문에 친절하게 대답해 줄 의향이 없었다. 돌아오는 것은 싸늘한 냉소뿐이었다.

"그것까진 네가 알 필요 없다! 너는 그저 시키는 일만 해주면 된다!"

이른 바. 묻지 마 청부라는 것인가?

사천당문의 당문화라면 열다섯에서 스물 살 사이 정도. 그 나이에 어디서 죽을 만큼의 원한을 지었을 리는 없을 테고.

감히 천하의 사천당문의 여식을 죽이겠다고 달려들 정도의 적이라면 최소한 구파일방 급이나 그 이상 가는 세력의 집단.

그러한 세력을 가진 곳은 무림에 몇 군대 되지 않는다.

그들 중 황오현 장로와 적대하고 있는 세력을 추스르면. 딱 한 군데가 나온다.

무림맹의 원로원. 그리고 무림맹의 대공자.

설마 그들이었던가? 당문화를 노리고 있는 자들이?

장한이 놀란 표정으로 물었다.

"노리는 자들이 원로원이요? 설마 정말로 당문화가 무림맹주의 딸은 아니겠지?"

하지만 흑의경장 사내는 순순히 대답해 줄 의향이 없는 듯했다.

"아직은 때가 아니다. 필요하다고 생각되면 그때 알려주도록 하지. 지금은 시키는 대로만 하면 된다."

장한이 투덜거렸다.

"칫, 비밀도 더럽게 많은 고객님일세."

"왜? 겁나나? 하지 못하겠으면 못하겠다고 말해라!"

"왜, 내가 거절하면 살인멸구라도 하시게?"

장한이 장난스럽게 손날을 세워 자신의 목을 긋는 시늉을 했다.

흑의경장 사내는 그 말이 끝나기가 무섭게 자신의 칼

자루에 손을 가져다 대며 말했다.

"때에 따라 필요하다면!"

그는 장한을 무서운 눈으로 쏘아보고 있었는데 그의 대답 여하에 따라 금방이라도 칼이 뽑혀져 나올 것 같았다.

장한이 너스레를 떨며 손을 내저었다.

"농담이요. 농담! 거참. 이 정도 금액이면 맹주의 딸이 아니라 황제라도 지켜 드릴 수 있지. 당문화는 지금 어디 있소?"

괜히 여기서 더 이상 자극해 봤자 좋을 것이 없다는 것을 깨달았는지 장한이 누그러진 말투로 대답했다.

흑의경장의 사내는 품속에서 뭔가를 꺼내 장한에게 던졌다.

그것은 동그랗게 생긴 패였다.

"그것을 가지고 무림학관에 가면 된다."

패를 집어든 장한이 고개를 갸우뚱거리며 물었다.

"이것은 무림학관에 입학하는 학생들에게 나눠 주는 패 아니오?"

"맞다."

"그런데 왜 이걸 나에게 주는 거요?"

"당문화는 올해 무림학관에 입학할 예정이다."

"설마, 무림학관에 학생 신분으로 잠입을 해야 하는 거요?"

"물론이다. 호위 대상이 있는 곳이라면 당연히 호위무사도 따라가야 하지 않겠나? 설마 이곳이 그 정도 능력도 안 되는 곳은 아니겠지?"

맞는 말이다.

청부업자가 이것저것 다 따지면 할 수 있는 일은 하나도 없으니까.

장한이 잠시 생각하는가 싶더니 이내 히죽거리며 대답했다.

"그것은 걱정 마시오. 본문에서 불가능한 일은 없으니까. 그런데 말이요……."

걸걸한 그의 목소리가 은근한 어조로 바뀌면서 나지막해졌다. 그는 거의 속삭일 듯이 들릴까 말까 한 목소리로 눈에 이채를 띠며 물었다.

"소문에 듣자 하니 당문화 소저가 꽤 예쁘게 생겼다는데… 그 말이 사실이오?"

흑의경장 사내가 한심하다는 눈으로 장한을 위아래로 훑었다.

부리부리하게 생겨서 산적질이나 하면 딱 어울릴 만한 외모를 지녔으면서 꼴에 사내라고 여자를 밝히다니. 무림맹의 무사로서 그 자존감을 지키며 살아온 게 이십 년.

이런 놈과 마주하며 대화를 하고 있으려니 자신의 격이 떨어지는 기분이었다.

고작 이런 놈에게 무림맹의 사활이 걸린 문제를 맡겨야 한다니.

별로 좋지 않은 기분.

그러다 보니 자연히 나오는 목소리 또한 곱지가 않다.

"지금 이 상황에서 고작 한다는 말이 그것밖에 없더냐?"

"나는 궁금한 것은 못 참아서 말이지."

흑의경장 사내는 저도 모르게 살심이 치솟음을 느꼈다.

하지만 장한도 눈빛 하나 변하지 않고, 오히려 되물었다. 그런 점에서 보자면 장한도 보통내기가 아닌 듯싶었다.

흑의경장 사내가 짜증 섞인 말투로 내뱉었다.

"나도 모른다. 됐나?"

"쳇, 댁도 모르면서 유세떨기는."

"뭐, 댁?"

흑의경장 사내는 기가 막혔다.

"아까부터 댁은 계속 반말을 하고 있었는데, 나라고 하지 말란 법 있어? 자고로 오는 말이 고아야 가는 말도 곱지. 왜 이러니까 기분 나빠?"

"이놈!!!!!!"

흑의경장은 하마터면 검을 뽑아 사내를 벨 뻔했다. 하지만 극도로 발휘된 인내심이 그의 검을 꾹 가로막았다. 그 여파로 인해 손잡이에 얹혀진 손이 부들거렸다. 잔뜩 일그러진 얼굴로 입술을 꽉 깨물었다.

장한이 흑의경장 사내의 턱 앞에 얼굴을 들이대며 씨익 웃었다.

"잘 참았소. 하마터면 밖에 있던 애꿎은 생명 스물세 개가 사라질 뻔하지 않았소? 나는 내 앞에서 칼을 뽑는 자는 살려 두지 않는 편이라서 말이지."

흑의경장의 바로 턱밑에서 풍기는 살기를 느끼며 놀라움과 두려움이라는 감정이 한꺼번에 교차됐다.

자신의 코앞까지 왔음에도 불구하고 장한의 움직임을 전혀 읽지 못했다는 것에 대해 놀라웠고, 자신의 턱밑까지 사내가 왔음에도 자신이 손가락 하나 까딱하지 못했다는 것에 두려움을 느꼈다.

그냥 여자나 밝히는 시시한 산적 같은 놈인 줄만 알았더니 장한은 자신의 예상보다 훨씬 웃도는 고수임이 분명했다.

장한은 탁자 위에 놓인 주머니를 품속에 넣으면서 말했다.

"의뢰는 접수됐으니 그만 가 봐도 좋소. 일은 알아서 착수할 테니."

이건은 명백한 축객령.

흑의경장 사내도 이쯤 되니 그냥 할 말이 없었다. 분하지만 자신이 어떻게 할 수 있는 상대가 아니었다.

"오늘 일은 무덤까지 가지고 가야 한다. 알았느냐?!"

장한을 힘껏 노려보고는 들어왔던 문을 통해 밖으로 나갔다. 그리고 잠시 후 집을 포위하고 있던 기운들이 동시에 사라졌다.

"당문화라……."

모두가 사라진 후 장한이 중얼거렸다.

그런데 장한의 얼굴이 조금 이상했다. 아니, 몸도 이상했다.

주먹으로 두들겨 맞은 것처럼 근육이 부풀었다 줄어들었다 하더니 이내 괴이한 소리와 함께 뼈들이 탈골되기 시작했다.

그러고 몇 번 눈 깜빡일 정도의 시간이 지났을까? 탈골된 뼈들이 제자리를 찾아가고, 근육의 움직임도 서서히 줄어들기 시작했다.

괴이한 소리도 시간이 지남에 따라 점점 잦아졌다.

장한이 시전한 것은 인피면구나 기타 재료 없이 순수한 내공으로만 시전하는 변체환용술(變體環容術)이었다.

곧이어 장한의 얼굴 윤곽이 서서히 드러났다. 키는 조금 줄고, 몸집도 조금은 왜소해졌다.

장한이 서 있던 자리에는 청년이라고 부르기에는 조금 어려 보이는 소년이 서 있었다.

눈썹은 짙고 눈망울은 선명했으며, 일그러트린 입매는 그 특유의 고집이 잔뜩 서려 있었다. 장한의 모습 때와는 달리 몸에는 군더더기 하나 없이 매끈했는데, 살짝 벌어진 앞섬 사이로 탄탄한 근육이 엿보였다.

소년이 입을 오므리며 휘파람 소리를 냈다.

삐이이익—!

그러자 잠시 후 새 한 마리가 구멍 난 판자 사이로 들어오더니 소년의 어깨 위에 앉았다.

푸드드득—!

일종의 매였는데, 보통의 매보다는 몸집이 조금 작고, 금색빛을 띠며 깃털에는 참기름을 바른 것마냥 윤기가 흘렀다.

"금아야. 이것을 전해 주렴."

소년은 매의 오른쪽 다리에 매달려 있는 조그만 통에 종이를 접어 넣었다. 금아라고 불리는 매는 마치 소년의 말을 알아듣기라도 한 양 작고 앙증맞은 고개를 주억거렸다. 그 모습이 참으로 귀엽고 앙증맞았다.

"좋아. 그럼 부탁한다."

끄덕끄덕.

푸드드득—!

매는 들어온 곳을 통해 다시 빠져 나갔다. 그 속도가 어찌나 빠르던지 한순간 점이 되어 사라지는 것은 순식간의 일이었다.

"좋아. 이 일을 끝내고 되돌아왔을 때쯤이면 스무 살이 넘어 있겠군. 그러면 이 지긋지긋한 곳에서 해방인가?"

소년이 히죽거렸다.

왠지 좋아 죽겠다는 표정이었다.

금아가 날아간 지 한 시진이 조금 못되었을까? 곧장

한 방향을 향해 날아가던 금아는 목적지 부근에 다다랐는지 하늘을 한 바퀴 선회하더니 어느 허름한 객잔 안으로 날아 들어갔다. 객잔의 입구에는 조그마한 편액이 걸려 있었는데, 그곳에는 무영객잔이라고 쓰여 있었다.

객잔 귀퉁이에는 방으로 짐작되는 곳이 있었는데, 창문틈 아래로 금아가 드나들 만한 작은 공간이 있었다.

금아가 그 안으로 들어가자 어느 사내가 익숙한 손길로 금아의 오른쪽 발에 매달린 전서구 통을 열더니 종이를 꺼내 펼쳤다.

이름 당문화.

청부자는 무림맹의 장로인 황오현 장로.

삼 년 동안 당문화를 호위해야 함.

의뢰비는 이십만 냥. 선금 십만 냥 받음.

무림맹에서 청부한 것으로 당문화의 출생에 대한 조사가 이루어져야 할 것 같음.

사내는 종이를 꾸기더니 중얼거렸다.

"무림맹에서 당문의 계집을?"

짤막한 서신을 통해서 사내는 무황이 품었던 의문을

그대로 유추해 냈다.

추측하건대 무림맹과 사천당문 사이에 뭔가 세상에 알려지지 않은 일이 있는 모양이다.

"이십만 냥짜리 청부라. 잡놈이 웬일로 큼지막한 건수를 받았군."

사내의 손에서는 삼매진화가 일어나더니 이내 종이는 한 줌의 재가 되어 허공에서 사라졌다.

❖ ❖ ❖

무림학관.

백여 년 전 세외사마와 마교의 대대적인 침략으로 인해 무림의 세력이 크게 약화되어 있을 무렵, 각 문파의 종주들은 정, 사파의 단합을 목적으로 세운 곳이 바로 무림학관이었다.

언제 어디서 무림을 위협하는 세력들이 도발할지 몰랐고, 정파와 사파가 무림을 두고 수백 년의 세월 동안 으르렁거렸다고는 하지만, 이가 없으면 잇몸이 시리는 법.

무림 안에서 자신들의 세력을 지키고자 하려면 서로가 없으면 안 되는 존재임을 깨달은 것이다.

오랜 세월 동안 외세의 침략으로 인해 무림은 많은 고수들과 명숙들을 잃어 가고 있었다. 이대로라면 짧게는 수십, 오래 버텨 봤자 백 년. 아마도 그쯤이면 당대를 호령하는 고수들이 모두 사라지게 될 터, 그들의 독문절기나 절학 등도 그와 같이 유실될까 염려되기 시작했다. 그것은 곧 무림의 쇠약을 의미하는 것이었다.

그래서 그들이 강구책으로 내놓은 방법이 바로 무림학관의 설립이었다.

정파와 사파의 무공을 익히는 것은 물론이요, 아울러 변황이나 마교, 천마교의 무공까지 연구하여 그 파훼 방법을 배우고 익히게 하는 곳이 바로 무림학관의 설립 취지였다.

구파일방을 비롯, 오대세가와 사파의 총연맹인 사도련.

그밖에 무수히 많은 무림의 명숙들의 지지 아래 무림학관은 광동성에 설립되었다. 그렇게 설립된 무림학관의 역사가 팔십여 년!

무림학관은 수십 개의 전각이 모여 하나의 구조 형태를 이루고 있다.

깨끗하고 고풍스럽게 생긴 전각들은 수십 명의 기관진학의 대가들과 지리학. 건축에 능통한 대가들이 십여 년에 걸쳐 심혈을 기울여 만든 작품이었다.

학생들을 가르치는 수십 명의 교관들이 그곳에서 기거하고 있었으며, 그들은 하나같이 일류급 이상들의 고수들이었다.

무림학관의 관주는 칠 년마다 한 번씩 선출되며, 관주는 정, 사파의 명숙들로 이루어진 원로원의 장로들에 의해 투표로 선출된다.

신입생은 매해마다 천 명을 뽑으며, 천무학관에 입학하기 위해서는 지원서를 내야 한다. 수십 명으로 이루어진 면접관들은 지원서를 면밀히 검토한 후, 합격된 가문에 신분을 증명해 줄 수 있는 패를 보내 준다. 제자들이 많은 무당이나 소림 같은 대문파의 경우에는 많게는 대여섯 명 어린 제자들이 한꺼번에 천무학관에 입관하기도 한다.

삼 년의 훈련을 거쳐 전반적인 무공을 배우게 되면 그들의 진로를 방향을 결정하게 된다.

무림맹이나 사도련의 무사가 되어 맹을 위해 일을 할 수도 있고, 고향으로 돌아와 가문의 부흥을 위해 강호에 발을 내딛을 수도 있었다.

대부분 대문파의 제자들은 가문으로 돌아와 가문을 위

해 일을 하지만, 쇠락의 길을 걷고 있는 가문의 장자나 제자들은 정파냐 사파냐에 따라 나뉘어 무림맹 혹은 사도련에 투신하기도 한다. 그것은 순전히 개인의 선택이었다.

천무학관에서 가르치는 무공은 대부분 널리 알려진 것도 있었지만, 꽤 쓸 만한 것도 많았다.

소림사의 칠십이절기 중 스물여덟 개를 천무학관에서 가르치고 있으며, 청성의 청풍검법이나 벽라문의 뇌풍검법 등은 대성을 이룬다면 능히 일류급 고수 반열에 오를 수 있는 검법들이었다.

사도련에서 입문용으로 내놓은 무공서들도 꽤나 쓸 만한 편이었고, 그중에는 속성으로 익힐 수 있는 무공도 다수 포함되어 있었다.

그렇기에 일류급의 무공서가 없는 가문들은 어떻게 해서든 가문의 아이들을 무림학관에 입학시키려고 애를 쓰는 실정이었다.

◈ ◈ ◈

광동성 외각을 따라 일자로 쭉 뻗은 산길에는 한 사내

가 터덜터덜 걸음을 옮기고 있다. 아니, 사내라고 부르기에는 조금 어려 보이는 소년이다.

그의 오른손에는 나무로 만든 동그란 패가 들려 있었는데, 그는 그 패의 뒷면을 보고 있었다.

뒤에는 붓으로 써 놓은 것이 아닌 뾰족한 물체를 이용하여 음각의 기법으로 파 놓은 글씨가 새겨져 있었다. 보통 패의 뒷면에는 패를 가진 사람의 신분을 적어 놓게 되어 있었다.

절강의 철가장.

화무린.

처음 들어 본 이름의 가문이다.

아마도 오래전에 망한 가문이던가, 의뢰를 맡긴 황오현 장로 측에서 허구로 만들어 놓은 가문임이 분명하다.

어차피 입관은 서류 심사만을 하는 것이 원칙이니, 자신의 신분이 거짓임이 들통 날 경우는 없을 것이다.

소년은 패를 주머니에 넣고, 꾸깃꾸깃해진 종이를 꺼내 펼쳤다.

두 시진 전에 금아를 통해 받은 서신이다.

종이에는 짤막한 글씨가 새겨져 있었다.

당문화.

사천당문의 여식.

이란성 쌍둥이로 오빠가 한 명 있음.

무공보다는 암기에 능하며, 성격이 충동적이고 다혈질임.

무공수위 중(中).

무림맹과 사천당문과의 관계는 밝혀진 바 없음.

"흐음."

무황은 실망스러운 표정으로 가느다란 신음성을 토해냈다.

다른 내용이야 별 기대한 것도 없다지만, 황 장로 측에서 왜 그녀를 보호하려고 드는지는 궁금했기 때문이다.

현재 무림맹은 이등분으로 분열되어 맹주의 세력과 대공자의 세력으로 나뉘어져 있었다. 이빨 빠진 호랑이라 불리는 작금의 무림맹주와는 다르게 대공자는 무서운 속도로 그만의 독자적인 세력을 늘리고 있었다.

황오현 장로는 젊었을 때부터 지금까지 쭉 맹주를 지지하고 있는 이들 중 한 명이었다. 그가 이런 행동을 보였다는 것은 그것은 곧 맹주의 뜻이라고 봐도 과언이 아니었다.

조그마한 실마리라도 있다면 갈피라도 잡을 수 있을 텐데, 지금 상황에서는 그녀와 무림맹주와의 연관을 찾는다는 것은 불가능에 가까웠다.

무영객잔에서 알아내지 못했다면 그것에 관한 정보는 세상에 존재하지 않는다는 것이다.

얼마나 대단한 신분을 가지고 있기에 이렇게 작정하고 꼭꼭 숨기는 것일까?

많은 생각이 머릿속을 스쳐 지나갔지만 명확한 것은 하나도 없었다.

결국은 몸으로 부딪혀서 모든 것을 알아내야 한다는 소리!

"뭐 아무렴 어떠냐?"

무황은 히죽거리며 호주머니에서 육포를 꺼내 씹었다.

육포는 가장 좋아하는 음식 중 하나인데, 그는 틈만 나면 육포를 꺼내 씹었다. 육포를 오물거리는 것이 마치 세상을 모두 다 가진 듯해 보이는 표정이었다.

"역시 육포는 산동성 태산에서 나온 육포가 최고야. 퍽퍽하지 않고 씹히는 질감이 그만이거든!"

같은 시각, 그런 무황이를 숨어서 지켜보고 있는 이들

이 있었으니.

광동사귀라고 불리는 이들이 바로 그들이었다.

그들은 원래 귀견사귀라고도 불리는 자들로, 광동 지방에서는 꽤나 유명한 자들이다. 그들은 모두 소싯적에 종남파의 무공을 배운 자들로 종남파의 이름으로 온갖 패악질을 하다가 결국 문파에서 추방당했다. 무공 수준은 삼류에 불과하나 그 정도만 되더라도 한 지역에서 패악질로 먹고살기에는 넘치는 수준이었다.

그들은 산기슭에 바짝 엎드려서 조근조근 대화를 나누고 있었다.

"형님, 저놈입니다."

사귀 중 막내가 손가락으로 무황을 가리키며 말했다.

"혼자가 확실하냐?!"

"예! 제가 줄곧 따라오면서 관찰해 봤는데 동행은 없는 듯합니다."

"그래? 크크크!"

요즘에 광동사귀는 웃음이 끊이지가 않았다. 이맘때가 되면 전국 각지에서 무림학관에 입관하려고 얼뜨기들이 대거 모여들기 때문이다.

대문파들의 아이들 같은 경우에는 보호자들이 따라붙

기 마련이지만, 외진 곳이나 쇠락한 가문의 아이들은 대개 혼자 오거나, 짐꾼 한 명을 동반하는 경우가 대부분이었다. 아직 무림의 경험이 일천한 아이들은 광동사귀 입장에서 보자면 주인 없이 돌아다니는 금덩어리나 다름없어 보였다.

광동사귀 중 첫째가 음흉한 웃음소리를 내며 몸을 일으켰다.

"그러면 슬슬 가 볼까?"

"자, 잠깐만요!"

넷째가 급하게 외친다.

"뭐냐?"

"저쪽에 누군가가 오고 있는데요?"

넷째의 손끝에는 웬 여행복 차림의 소년이 종종걸음으로 뒤쫓아 오고 있었다. 정확히 말하자면 무황을 쫓아오고 있는 것이었다.

소년의 외침이 들려왔다.

"이봐요! 저기 앞에 가는 분!"

남들보다 청각이 몇 배나 발달해 있는 무황이다. 자신을 부르는 소리에 무황이 걸음을 멈췄다.

무황이 걸음을 멈춘 것을 확인한 소년은 헉헉거리며

곧장 뛰어왔다. 그는 무릎까지 굽히며 힘겹게 숨을 헐떡거렸다.

"헉헉, 뭔 걸음이 그렇게 빠르오? 아까부터 쫓아왔건만 겨우 따라잡았네."

"응? 나한테 볼일이 있어?"

"이 길이 광동성 성내로 가는 길 맞소?"

"맞는데?"

"휴, 맞게 찾아왔구나."

그 말을 들은 소년이 안심의 한숨을 내쉬며 허리를 곧게 세웠다.

그 모습을 안타깝게 보고 있는 무리들이 있었다.

바로 광동사귀들이었다.

"젠장, 하필이면!"

"어떻게 할까요?"

"뭘 어떻게 해? 한 놈이든 두 놈이든 상관없다. 이렇게 좋은 기회를 놓칠 순 없지! 게다가 둘 다 어린애들 아니냐?"

둘째가 말을 받았다.

"아무렴, 우리 광동사귀가 저런 어린애들 두 명도 어찌 못한다는 게 말이 안 되죠! 그냥 나갑시다!"

첫째가 명령을 내렸다.

모두가 고대하던 명령이었다.

"좋다! 저놈들을 포위해라!"

"두 놈 다 그 자리에서 멈춰라!!!!"

쩌렁쩌렁한 외침과 함께 광동사귀는 산기슭에서 뛰어내려와 두 소년 앞에 착지했다. 두 놈은 뒷길을 차단하고 두 놈은 앞길을 가로막았다. 겁을 주는 건 가장 험상궂게 생긴 막내의 차지였다.

"귀여운 놈들! 이곳을 지나려면 통행세를 내야지! 어딜 그냥 가려고!"

뒤쫓아 온 소년이 갑자기 닥친 상황에 어리둥절하다가 쩌렁쩌렁한 소리에 놀라 겁을 먹었다. 부리부리한 장한들이 한 명도 아니고, 넷이나 길을 가로막으니 당황한 것이다.

소년은 생긴 것도 심약하게 생겼지만 목소리도 들릴까 말까 할 정도로 매우 작았다.

"뉘, 뉘시오?"

"우리? 우리는 광동사귀라고 한다."

"과, 광동사귀?"

소년은 무림 경험이 거의 없다시피 하니 그와 같은 별

호는 들어 본 적도 없었다.

기실 그가 알고 있는 별호는 채 백 개도 채 안 됐다.

그것도 하나같이 전대의 고수들이나 내노라하는 대문파의 수장들. 어린아이들도 다 아는 십대 고수에 해당하는 별호가 전부였다.

하지만 이럴 때는 어떻게 해야 하는지 주워들은 것은 있어 소년은 즉시 포권을 하며 상대에게 응대했다.

"귀, 귀하들의 고명하신 명성은 익히 잘 들어왔소. 나, 나는 팽가문 산하의 숭양문의 장자인 길위천이라고 하오. 무림학관에 입학 허가서를 내러 가는 길이니, 길을 비켜 주시면 고맙겠소이다."

길위천이라고 밝힌 소년은 호주머니에서 은 두 냥을 꺼내 그들에게 내밀었다.

"이것으로 국밥 한 그릇씩 하고 칼칼해진 목이나 축이시구려."

호기스럽게 말한 것하고는 달리 두 냥을 내민 그의 손은 보기 애처로울 정도로 떨리고 있었다. 누가 봐도 잔뜩 겁을 먹은 상태. 그 모습이 마치 고양이 앞에 쥐새끼 같은 모습이다.

"크하하하하!!!!"

그 모습을 보고 광동사귀가 동시에 웃음을 터트렸다.

“하는 짓이 귀엽구나. 우리와 같은 어르신들을 만나면 그리하라고 부모님이 일러 주시던, 꼬마야?”

“무, 무림에서는 사해가 동도라고 하지 않소이까? 무탈하게만 보내 주시면 이 은혜는 나중에 꼭 갚겠소.”

“고놈 참 뚫려 있는 입이라고 말은 참 잘한다. 오냐, 무탈 없이 보내 주마. 가지고 있는 거 다 내놓고 가면!”

“말도 안 되는 소리! 내 분명 통행 비는 내겠다고 하지 않았소?”

“고작 두 냥 가지고? 네놈한테는 백 냥은 더 받아야겠다!”

길위천의 얼굴은 사색이 되었다. 전 재산을 다 해도 열 냥이 될까 말까인데, 백 냥이라니!

애초에 이들은 자신을 보내 줄 마음이 없었던 것이다.

그 모습을 잠자코 보고 있던 무황은 한심하다는 듯이 길위천이란 소년을 쳐다봤다.

아무리 무림 경험이 없고 유약하다고는 하나 저런 산적 놈들을 만나 벌벌 떠는 모습을 보자니 도와주고 싶은 마음이 싹 사라졌다.

남자라면 아무리 무섭고 두렵더라도 도망치면 안 된다.

그것이 무엇이 됐든 맞서고 넘어 보려고 노력은 해 봐야 하지 않겠는가? 더군다나 무림에 발을 담은 무림인이라면 그러한 마음가짐이 더욱 필요하다. 그러한 것은 경험을 통해서 얻는 것이 아니다.

하겠다는 각오와 그것을 실천하고자 하는 의지만 있으면 충분했다.

무황이 길위천을 쳐다보며 말했다.

"야, 너!"

"나? 나 말이오?"

"그래 너. 숭양문에서 왔다고 그랬어?"

"그, 그렇소만?"

"너 그냥 그리로 돌아가. 그냥 부모님 밑에서 농사를 짓던 글을 배우던 얌전히 고향으로 돌아가."

길위천이 발끈했다.

"당신이 뭔데 가라 마라요?!"

"그따위 정신머리로 무림에 발을 디뎠다가는 삼 년도 못 버텨. 이건 충고니까 새겨들어. 너 같은 놈들 몇 명 봤는데 전부 어떻게 됐는지 알아? 팔다리가 잘려 병신이 되던가, 이리저리 이용당하다가 버림받던가. 그것도 아니면 그냥 쥐도 새도 모르게 어디선가 객사하는 거지. 괜히 칼침 맞아 불구되지 말고 얌전히 이쯤해서 돌아가. 이건 널 위해서 특별히 해주는 말이니까."

조금은 과격하다 싶을 말이었다. 하지만 그 말은 틀림없는 사실이었다. 오죽하면 광동사귀들도 은연중에 고개를 끄덕이고 있을까?

그 불똥은 광동사귀에게도 튀겼다.

"그리고 너희들! 어디서 할 짓이 없어서 애들 돈을 뺏고 있어? 팔다리 붙어 있고 사지육신 멀쩡하면 짐짝이라도 날라야지 이런 곳에 처박혀서 코 묻은 돈 빼앗으면 기분이 좋냐? 창피하지도 않아?"

"뭐, 뭐야?"

"저, 저런 쳐 죽일 놈을 봤나?!"

광동사귀 중 막내가 무황의 멱살을 움켜잡고 혼내 주려는 순간, 그는 그대로 허공에서 한 바퀴를 돌며, 바닥에 내팽개쳐졌다. 옆에 있던 이도 당한 이도 뭐가 어떻게 된 건지 어벙벙한 순간이었다. 그 모습을 보고 첫째가 외쳤다.

"이놈! 잔재주가 있는 모양이군!"

짝!

순간 첫째의 왼쪽 뺨에서 불똥이 튀겼다. 그의 앞에는

무황이 오른손을 들며 씨익 웃고 있었다.

"어때, 내 잔재주. 꽤 쓸 만해?"

첫째는 그제야 오른쪽 뺨에서 통증이 느껴지는 것을 느끼며 자신이 맞았다는 것을 알았다. 황당하고 어이가 없었다. 무엇보다 동생들이 지켜보는 앞에서 맞았다는 것이 너무나 창피했다.

"응?"

뭔가가 입가에 이물질이 씹혔다. 입가에서 피가 흘러나오고 이빨 하나가 발아래로 톡 떨어졌다. 첫째는 믿을 수 없다는 표정으로 자신의 이빨을 쳐다보더니 무황을 노려보았다.

"이런 육시랄 같은……!"

짝!

이번에는 오른쪽 뺨이 돌아갔다. 그리고 또다시 이빨 하나가 제자리를 이탈하며 땅바닥으로 떨어졌다.

툭.

"이런 개자식……!

짝!

그 광경을 보고 있던 둘째와 셋째가 무황을 덮쳤다.

"이놈, 감히 형님을!"

짝짝짝짝!

뭔가가 순식간에 그들의 뺨을 때리고 지나갔다. 무황이 움직이는 것을 그들은 보지도 못했다. 그들의 양 뺨이 벌겋게 부어오르며 첫째와 마찬가지로 이빨이 뽑혀져 나왔다. 뭔가 어찌해 보기도 전에 일어난 일이었다. 그들은 그때서야 무황이 무공을 익혔다는 것을 알아차렸다. 그것도 자신들이 어찌할 수도 없는 엄청난 수준의 고수!

광동사귀는 일제히 땅바닥에 무릎을 꿇었다.

"고수님을 몰라 봬서 무례를 저질렀습니다. 제발 살려주십시오!"

그들이 이 바닥에서 오래 버틸 수 있었던 것은 바로 이러한 처세술 덕분이었다. 괜히 자존심 내세운다고 객기 부리다가 죽는 놈들을 많이 보아 왔다. 물론 이곳 광동에서는 다신 이와 같은 짓을 하지 못하겠지만 사지만 멀쩡하다면 다른 곳에 가서 산적질을 하면 그만이다.

하지만 뛰는 놈 위에 나는 새가 있는 법.

무황은 그들의 속을 훤히 들여다보고 있었다.

"왜? 이 자리를 모면하면 다른 곳에 가서 또 산적질하게?"

딸꾹.

'귀신같은 놈이다. 그걸 어떻게!'

무황의 손이 번개같이 움직였다.

그는 엎드려 있는 광동사귀를 몇 번의 발길질만으로 일으켜 세우더니 그대로 주요 혈도를 몇 군데 점혈했다. 그러자 그들이 몸이 빳빳해지면서 그대로 굳어 버렸다. 무황은 그대로 그들의 단전을 냅다 발로 차 버렸다.

동시에 단발마의 비명 소리가 터져 나왔다.

"우헉!!!"

그들은 단전에서 느껴지는 엄청난 고통에 몸을 웅크리고 싶었지만, 몸이 꿈쩍도 하지 않았다. 그들의 귓가로 청천벽력 같은 소리가 들려왔다.

"단전을 봉쇄했다. 쥐똥만큼의 내공이라도 있으니 꼴에 무인이라고 칼을 들고 설치는 거겠지? 푸는 방법은 나밖에 모르니까 설령 풀 생각은 말고 착하게들 살아. 생각 같아서는 그냥 콱 병신을 만들고 싶지만 죄질을 감안해서 살려 두는 거니까. 혹시 또 알아? 착하게 산다는 소리가 들리면 풀어 줄지?"

꿀꺽.

하고 싶은 말이 산더미처럼 쌓여 있지만 입을 벌리면 욕부터 튀어나올까 봐 그러질 못했다. 분하고 원통하고 화가 났다.

지가 고수면 고수답게 그냥 몇 대 쥐 패던가 맘에 안 들면 팔이라도 하나 자르면 그만이지 치사하게 단전을 봉쇄하다니. 만약 이 사실이 퍼져 나간다면 호시탐탐 자신들을 노리고 있던 패거리들이 가만 두지 않을 것이다.

앞으로의 일을 생각하자 괜한 서러움에 눈물이 났다.

더럽고 치사했다. 아무리 약육강식의 세계라고는 하지만. 자신들은 그저 오고가는 행인들 돈 쪼가리 몇 개 나눠 쓴 것뿐이었는데, 무림인에게 제이의 심장이라는 단전을 파훼하더니. 저런 나쁜 새끼.

"엉엉엉!!!!"

가장 먼저 첫째가 울기 시작했다. 그 모습을 보고 옆에 있던 둘째가 감정이 격앙돼 외쳤다.

"혀, 형님!"

"앞으로 우리는 뭘 해 먹고 사냐? 엉엉, 시팔. 가뜩이나 적노 패거리들이 우리를 가만 안두겠다고 난리치는데. 꺼이꺼이. 우리가 그렇게 죽을죄를 지었냐? 단전을 파훼하게? 개과천선하라고? 시부랄. 말이 좋아 개과천선이지, 이 바닥에 한번 발을 들여놓았는데 발을 빼기가 그렇게 쉽더냐? 설령, 우리가 착하게 산다고 해도 먹고살려면 직장이 있어야 하는데. 누가 우리 같은 놈을 받아 주겠어. 안 그래?"

그 말을 듣고 있는 다른 동생들도 처연하게 고개를 떨궜다.

앞으로 어떻게 살아야 할지 앞날이 캄캄했다.

산적질을 한다고 해서 자유롭고 제멋대로 삶을 즐기면서 산다고 생각할지도 모르는데, 몰라서 그렇지 이 바닥도 꽤 치열한 전쟁터였다. 나름대로 처절하게 살아왔다고 생각했는데, 이제는 그 삶마저도 포기해야 했다.

그 모습을 보고 무황이 말했다.

"이것들이 아주 신파극을 찍는구만. 그동안 지들한테 털린 사람들은 생각 안 하고. 잡소리 집어치우고 먹고살 게 걱정이라면 광동성에 있는 추월루에 가서 장 노인을 찾아. 그 노인한테 가서 일자리를 달라고 그래. 평소 친분이 있는 양반이니까 먹여 주고 재워 주고는 할 거야. 보수는 크게 기대하지 말고."

"추, 추월루라고요?"

무황이가 그들에게 다가가 몇 군데의 혈도를 짚자 뻣뻣해진 몸이 풀리면서 움직이기 시작했다.

"조금 괴팍해서 그렇지 장 노인한테 일을 잘 한번 배

워 봐. 왕년에 한가락 한 영감이니까 괜히 까불지 말고. 혹시 또 알아? 그 노인 맘에 들면 단전을 되돌려 주고, 무공이라도 한수씩 가르쳐 줄지?"

"무, 무공이요?"

무공이라는 말에 광동사귀의 귀가 번쩍 뜨였다.

"아무튼 난 해줄 말 다했으니까 간다."

무황이는 주머니에서 육포를 꺼내 씹으며 걸음을 한 걸음씩 떼어 놓기 시작했다. 길위천은 광동사귀들과 무황의 뒷모습을 번갈아 보더니 이내 빠른 속도로 무황을 쫓아가기 시작했다.

"형씨! 같이 갑시다."

그들이 사라진 후.

남겨진 광동사귀들은 땅바닥에 주저앉아 참담한 심정으로 고개를 떨구고 있었다. 방금 자신들에게 일어난 일들이 꿈만 같았다. 꿈이라면 빨리 깨었으면 좋으련만, 꿈이라고 하기에는 너무나 생생한 게 문제였다.

둘째가 굳건한 표정을 다지며 자리에서 벌떡 일어났다.

"형님! 우리 그 장 노인이라는 영감한테 갑시다!"

모두의 시선이 그에게로 향했다.

"어차피 우리는 갈 곳도 없지 않소? 더군다나 우리를 벼르고 있는 패거리들이 한둘이 아닌데, 괜히 그들 눈에 띄어 봤자 맞기 밖에 더하겠수? 그럴 바에는 그 장 노인이라는 영감한테 몸을 의탁합시다."

말은 하지 않았지만 그들은 이 바닥 생활에 점점 회의를 느끼고 있었다. 영원한 것은 없는 법. 어떤 식으로라도 그들이 이 짓을 그만해야 하는 것은 분명한 사실이었다. 다만 그 시일이 생각보다 빨리 찾아왔을 뿐이다.

젊었을 때야 패기로 버텼지만, 그들도 이제는 점점 나이가 들고 있었다. 평범한 직장, 화목한 가정, 그리고 자신을 꼭 닮은 자식들. 지난 몇 년 동안 서로가 말은 하지 않았지만 이 바닥을 뜬다면 가장 갖고 싶었던 것들이었다.

그동안 그들을 이 정도까지 버티게 해주었던 것은 의리라는 단어의 울타리였다.

첫째가 결연한 의지를 다진 채 외쳤다.

"좋다! 언제고 이 바닥을 떠야 할 날이 올 거라는 것을 직감했다. 다만 그 시일이 조금 앞당겨졌을 뿐. 둘째의 말대로 나는 장 노인에게 몸을 의탁할 생각이다. 그리고 조금은 사람답게 살 생각이다. 너희들의 의사까지 내가 강요할 수는 없는 노릇이지. 떠날 사람은 떠나라. 붙잡지 않으마.”

첫째가 먼저 걸음을 떼었다.

한 걸음이 천금같이 무거워 쉽사리 떼어지지가 않았다. 아마도 그의 발걸음이 무겁다고 여겨지는 것은 그동안 정들었던 아우들과의 정이라는 무게 때문이리라.

다른 사람이 본다면 꼴 같지도 않은 신파극을 찍는다고 눈살을 찌푸리겠지만 이들에게는 지금이 인생에 있어서 가장 중요한 전환점이 될 순간이었다.

그리고 두 발자국을 떼기도 전에 둘째가 조용히 그 뒤를 따랐다.

세 발자국, 네 발자국.

“형님들! 같이 갑시다!”

다섯 발자국을 채 떼어 놓기도 전에 셋째와 넷째가 동시에 외쳤다.

“맞소. 죽는 날 같이 죽기로 하지 않았습니까? 죽더라도 같이 죽읍시다.”

첫째와 둘째가 걸음을 멈추고 뒤를 돌아봤다.

동생들이 자신들에게 뛰어오고 있었다.

“형님!!!”

"아우야!!!"

십 년을 같이 한 형제들.

그들은 부둥켜안고, 다시 한 번 서로의 우정을 확인하며 뜨거운 눈물을 흘렸다.

◈ ◈ ◈

길위천은 무황의 뒤를 졸졸 쫓아다니며 끊임없이 말을 건넸다. 그는 보기와는 달리 말이 무척이나 많은 편이었다. 무황은 그를 무시하려고 노력했으나, 길위천은 그런 무황의 태도를 신경 쓰지도 않았다. 처음에는 자신이 무공을 처음 배웠을 때를 시작으로, 하도 들어서 귀에 박힌 식상한 고수들의 무용담까지 늘어놓았다.

듣다 듣다 귀찮아진 무황은 걸음을 멈추며 물었다.

"왜 자꾸 따라와?"

길위천이 우물쭈물 대답했다.

"나도 이 길로 가야 하오."

할 말이 없어졌다. 목적지가 같으니 길이 같을 수밖에.

무황이 다시 걸음을 떼었다.

그러자 길위천이 또 졸졸 쫓아왔다.

"그런데 형씨 뭐 하나만 물어봅시다. 무공은 도대체 누구한테 배운 거요?"

"……."

"그 정도 무공이라면 흔하지 않을 텐데. 혹시 무당제자요? 아니면 청성? 아, 아까 보니까 손과 발을 쓰던데 혹시 세가 쪽이요?"

"……."

"무공은 몇 살 때부터 익힌 거요? 이류는 넘은 것 같던데. 수위가 어느 정도요? 이류? 아니면 일류?"

"……."

"아참 그러고 보니까 이름도 안 물어봤네. 난 길위천이라고 하오. 형씨 이름은 어떻게 되오?"

무황은 귀찮게 하지 말고, 집에나 다시 돌아가라고 말하려는 순간, 길위천이 입을 떼었다.

"실은 난 돌아갈 곳이 없소. 부모님은 모두 돌아가시고, 장원이 하나 있었는데 그마저도 흑도 패거리들에게 빼앗겼소. 숭양문이라는 조그마한 문파를 운영 중이었는데 아마도 아버지께서 문파를 담보로 돈을 빌려 쓴 모양이오. 그래서 지푸라기라도 잡는 심정으로 무림학관에 입부 신청서를 넣었는데, 다행히 합격했소. 예전에 조부께서 무림맹의 무사로 일하신 적이 있는데, 임무 도중에 돌아가셨다고 하오. 아마도 그 점을 참작해서 합격시켜 준 모양이오."

무황은 대꾸할 말이 없어서 그냥 육포나 뜯었다.

조금 전에 처음 본 놈의 집안 사가 궁금하진 않았지만, 그 면전에 대고 면박을 줄 만큼 무황의 심성이 못되지는 않았다.

"지금은 비록 이 모양 이 꼴이긴 하지만, 나는 꼭 일류무사가 되어 숭양문을 재건할 계획이요. 어떻소. 이 정도면 꽤 남자다운 포부가 아니오?"

남자가 돼서 무공을 배우면 적어도 천지를 쩌렁쩌렁 울릴 정도의 명성을 떨쳐야지 고작 목표라는 게 일류무사란다.

무황은 자신이 할 수 있는 한 최대한 미화시켜서 자신의 생각을 말했다.

"퍽이나."

관도를 곧장 따라 일다경쯤 가니 전방으로 우뚝 솟은 건물이 보였다. 길위천은 연신 고개를 두리번거리며 건물을 구경하기에 여념이 없었다. 그도 그럴 것이 길위천의 고향은 지리적으로나 꽤 낙후된 곳인지라 이런 으리으리한 건물들은 본 적이 없었기 때문이다.

광동성 내에서도 으리으리하기로 손꼽히는 무림학관은 그 담벼락의 둘레만 백 장이 넘을 정도로 어마어마한 규모를 자랑했다.

깨끗하고 고풍스럽게 생긴 전각들은 수십 명의 기관진학의 대가들과 지리학. 건축에 능통한 이들이 심혈을 기울여 만든 작품으로, 혹시 모를 외부의 침입자나 비상시에 진법으로 활용할 수 있게 설계되어 있었다.

정문 입구에는 몇 명의 무사들이 탁자를 가져다 놓고 의자에 앉아 있었으며, 그 앞으로는 입학생들의 가족들로 보이는 사람들이 삼삼오오 짝을 지어 모여 있었다.

무림학관은 칠 일에 걸쳐 신입생을 받았는데, 오늘이 육 일째 되는 날이었다. 천 명의 입학생 중 벌써 구백 명이 넘는 학생들이 수속절차를 끝낸 것을 보면 무황이와 길위천은 꽤 늦게 온 편이라 말할 수 있었다.

먼저 길위천이 접수대에 다가가 패를 내밀었다.

"안녕하시오. 나는 운남 지방에서 온 길위천이라고 하오."

"흐음. 어서 오시오. 패를 잠깐 줘 보시오."

길위천은 떨리는 마음으로 공손히 패를 내밀었다.

접수관은 패의 뒷면에 새겨져 있는 글씨를 보더니, 이내 장부를 꺼내 뒤적였다. 패의 진위 여부와 장부에 등록되어 있는 이름과 패에 기록되어 있는 이름을 대조해 보는 것이 그들의 주된 임무였다.

그의 시선이 깨알같이 써진 글씨를 위에서부터 아래로 훑더니 어느 지점에 가서 멈춰 섰다.

"여기 있군. 운남 지방의 숭양문. 길위천. 그대가 본인이요?"

"그렇소."

"길위천이라… 좋소. 접수됐소이다. 절차에 따라 간단한 신체검사를 끝낸 후, 시험을 볼 것이니 안내해 주는 대로 따라가면 되오."

"시, 시험이오?"

길위천이 화들짝 놀라며 되묻는다.

"올해부터 생긴 규정이오. 모든 입관생들은 학관 내 규율에 따라 시험을 봐야만 하오. 뭐, 간단한 것이니 별 문제는 없을 거요."

길위천은 시험이라는 말에 갑자기 마음이 불안해졌다. 몸집도 왜소하고, 무공이라고 배운 것은 어린아이도 다

안다는 삼재검법이나 육합권법 같은 삼류 무공이 전부였다. 시험이 어떤 식으로 이루어지는지는 모르지만, 무림학관 같은 대단한 곳에서 치르는 시험이라니 왠지 자신감이 없어졌다.

그 모습을 보고 면접관이 웃었다.

"너무 걱정 마시오. 사지육신 멀쩡하고 아픈 데만 없으면 모두 통과하는 시험이니. 그냥 형식적인 절차니 편하게 임하시면 될 것이오."

그 말을 들은 길위천의 얼굴이 환해졌다.

"그, 그렇소?"

"걱정 마시고, 그만 들어가 보시요. 그대 뒤로도 줄 서고 있는 입관생 더 있으니."

면접관에 말마따나 길위천 뒤로도 세 명의 대기자가 자신의 순번을 기다리고 있었다. 그 속에는 무황도 있었다.

"알았소."

길위천이 무황을 보며 손을 흔들었다.

"먼저 들어가 보겠소. 시험에 통과해서 저 안에서 웃는 얼굴로 다시 만납시다."

무황은 시큰둥한 표정으로 그냥 고개만 까딱했다.

길위천이 들어가고 무황의 차례가 돌아왔다.

그는 주섬주섬 패를 꺼내 내밀었다.

면접관이 패를 살피더니 이내 장부를 뒤적거렸다.

"어디 보자. 절강의 철가장이라… 아, 여기 있군."

면접관은 장부에 써 있는 글씨를 보고, 무황을 쳐다보고를 반복했다. 그리고는 고개를 갸우뚱거렸다.

"절강에 있는 철가장에서 온 분 맞소?"

"맞는데요?"

"설마 그대가 화무린이요?"

"왜 그러시죠?"

면접관은 이상하다는 듯이 물었다.

"철가장의 이름으로 등록되어 있는 이름이 하나인데. 그게… 여자라고 써 있소이다. 철가장의 외동딸이라고 등록되어 있구려."

"여, 여자라고요?! 말도 안 되는 소리! 어디 좀 봐요!"

무황이는 기겁을 하며 장부를 쳐다봤다.

그곳에는 화무린(女)이라고 써 있었다.

처음에는 자신이 잘못 본 줄만 알았다.

하지만 몇 번을 들여다봤지만 글씨는 바뀌지 않았다.

분명한 男이 아닌 女!

"그럴 리가 없는데! 뭐가 잘못된 거 아니에요? 행정착오라던가?"

"크흠! 무림맹에서 하는 일에 실수란 존재할 리가 없소! 본관에 입관등록신청을 하려면 본인이 직접 와야만 하오. 가서 그녀보고 직접 오라고 하시오. 자, 다음!"

"말도 안 돼!"

무황은 머리에 망치를 두들겨 맞은 기분이었다.

전혀 생각하지도 못한 부분이었다.

화무린이라고 써 있는 것을 확인하기는 했지만 자신은 그게 남자 이름인 줄로만 알고 있었던 것이다.

무황은 머리를 마구 헝클어뜨렸다.

"으악! 미치겠네. 여자라니!"

◈ ◈ ◈

야심한 시각, 황오현 장로가 누군가와 대면하며 차를 홀짝이고 있었다. 맞은편에는 무황을 찾아갔던 흑의경장의 사내가 서 있었다.

"그래, 맡긴 일은 잘되었고?"

"예, 지금쯤이면 별 탈 없이 수속을 끝마쳤을 것입니다."

"무림학관은 입관하는데 꽤 까다로운 곳이라네. 수상한 자들은 절대 들여보내지 않는 곳이지."

"예, 그래서 신경 써서 입관패까지 준비했습니다."

"그래?"

"마침 아이들을 선별하는 작업을 제 수하가 하고 있습니다. 절강에 있는 철가장이라고 버려진 장원이 하나 있는데, 철가장의 딸아이 앞으로 입관패를 보내도록 했습니다. 그것을 그들에게 주었습니다."

"딸?"

"아무래도 호위 대상이 여자라면 여자가 붙어 있는 편이 서로에게 편하지 않겠습니까?"

"흐음. 그렇군. 무림학관은 여자, 남자 기숙사가 별도로 운영되는 곳이지. 특히 밤 시간에는 여자 기숙사엔 출입이 아예 불가능하지."

황오현 장로가 고개를 끄덕이며 말을 이었다.

"그렇다면 남자는 곤란하지. 자는 사이에 습격이 있을 수도 있으니까."

"예, 맞습니다."

"괜히 우리가 당 소저를 보호한답시고, 움직이면 대공자 측에서 그녀의 정체를 알아볼 게 분명해. 그럴 바에는 차라리 그들에게 맡기는 편이 낫겠지. 그들은 그런 일에 전문가니까 말이야. 이번 일은 잘한 일이야."

"그런데 그들을 믿을 수 있겠습니까? 저는 걱정이 돼서……."

"내 짐작대로 그들이 무영문의 후예가 맞다면 어떻게든 당 소저를 꼭 지켜 줄 걸세. 다만 걱정이 되는 것은 그곳에 여자 고수가 있느냐가 문제인데……."

"적어도 절정에 도달한 고수여야 합니다."

"여자의 몸으로 절정에 도달하기란 쉽지가 않지. 하지만 너무 걱정 말게나. 강호에는 알려지지는 않았지만 무영문은 대단한 곳이라네. 겉모습만 봐서는 곤란하지. 방대한 정보망은 개방을 능가하고, 웬만한 살수보다도 암살에 능한 자들이 즐비한 곳이라네. 그들이 여지껏 해 온 일들이 그것을 증명하고 있지. 돈을 준다면 황제의 속옷이라도 충분히 훔쳐 올 그런 자들이네. 그런 곳에 절정 여자 고수 한 명 없겠는가? 말도 안 되는 소리지."

"그래도 저는 조금 불안합니다."

황오현 장로는 확신에 찬 표정으로 말했다.

"나를 한번 믿어 보게나."

❖ ❖ ❖

"젠장, 젠장, 젠장!"

무황이는 근처 객잔에 방을 잡고 틀어박힌 채 머리를 마구 쥐어짜고 있었다.

황오현 장로가 짐작한 대로 무황은 무영문과 깊은 연관이 있었다. 무영문의 이십오대 문주인 무영천존으로부터 그의 성명무기인 무영귀갑을 물려받고, 그의 절학을 가르침 받았다. 원래 무황은 갓난아기 때 버려진 고아였는데, 지나가던 무영천존이 그를 주워다가 길렀다. 무황의 이름은 다름 아닌 바로 무영문의 무자를 따서 만든 이름이었다.

무영문은 말 그대로 형체가 없는 문파. 아니, 문파라고 불릴 수도 없는 곳이다.

일인전승이면서 일인전승이 아닌 문파이기 때문이다.

무영문은 이백 년 전, 십삼대 황제인 성락제의 명에 의해 처음 개파되었다.

무림의 세가 점점 커지는 것을 두려워한 성락제는 자신의 눈과 귀가 될 수 있는 문파를 무림에 두길 원했는데, 그래서 은밀히 만들어진 문파가 바로 무영문이었다.

원래 그들의 주된 임무는 바로 무림의 동향이나 정보를 수집하는 일이었다.

성락제는 무영문에게 그들만의 독특한 운영 방식을 요구했는데, 그것은 바로 당대문주에게 정오품에 해당하는 관직을 주고, 일인전승의 승계 방식을 요구한 것이다. 다시 말하자면 문주가 제자를 들여놓게 되면 문주의 직위는 자동으로 회수되고, 그 제자가 정오품에 해당하는 관직을 세습하게 되는 것이다.

무영문의 존재는 극비였으며, 이는 성락제와 측근만이 알고 있는 사실이었다. 그들은 무림고수들로 철저한 점조직으로 이루어져 있으며, 무영이라는 이름하에 백 명을 채 넘지 않았다. 이들은 전국 각지에서 제각기 활동하고 있으며, 전서구를 통해서만 정보를 교환했다. 허나, 성락제는 숙부인 기륭의 반란으로 폐위를 당하고, 그의 측근들이 참수당하자, 무영문의 존재는 황실 내에서도 유명무실해져 버리고 말았다.

문파를 개파한 지 고작 이십오 년만의 일이었다.

황실에서부터 독립된 무영문은 그 후, 재정이 어려워지자 문파의 존속을 위해서 의뢰를 받기 시작했는데, 그것이 지금의 당대에까지 이르게 되었다.

당대의 문주는 무황이었다.

무황이 열다섯 살이 되던 날, 무영천존이 무황에게 문주임을 알리는 무영귀갑을 건네주면서 말한 것이 있다.

"문주가 되면 스무 살이 되기 전까지 의뢰를 받아 문파를 존속하게끔 해야 하며, 스무 살이 되면 서른 살까지의 강호행에 보장된다. 하지만 그 후 서른 살이 되면 문파로 돌아와 문주 자리를 계승할 제자를 길러야 한다. 그 후 제자에게 문주 자리를 계승해 주면 완전한 자유의 몸이 되는 것이지. 바로 나처럼."

무영천존은 그 다음날 변방 구경을 한다며, 홀연히 떠나 버렸다.

그 후, 무황은 이 년간 의뢰를 받아 돈을 꽤 많이 벌었다. 하지만 자신의 수중으로 떨어지는 돈은 거의 없었다. 그 돈을 행수전장에 맡기면 무영들이 활동비 목적으로 돈을 찾아 썼기 때문이다. 그래서 그는 항상 가난했다.

문파의 존속을 위해 벌써 백 년도 넘게 그렇게 해왔다지만, 무황은 항상 그게 불만이었다.

이름도 얼굴도 모르는 그 사람들을 위해서 자신이 왜 이런 고생을 해야 하는지 몰랐다.

이거야말로 죽 쒀서 개 주는 꼴이 아니고 무엇이겠는가?

유명무실한 정오품의 벼슬자리가 뭐 대단한 거라고.

"제기랄! 우라질!"

벌써 수백 번은 말한 단어다.

무황은 동이 틀 때까지도 머리를 쥐어짜 봤지만, 뾰족한 방법이 떠오르지 않는다. 무영문에서 무림행을 할 수 있는 이는 자신에게만 국한되어 있으며, 설혹 누가 도와준다고 해도 하루 안에 이곳에 올지도 의문이었다.

무황이 비록 문주 자리를 계승받았다고는 하지만, 정작 무영문에 대해서 아는 것은 무영객잔이라는 정보처와 전서구로 이용되는 금아의 존재밖에 몰랐다.

더군다나 이번 의뢰는 선수금으로 십만 냥을 받았다. 만일 뭐가 잘못되기라도 한다면 그 돈의 세 배인 삼십만 냥을 배상해야 한다.

말이 삼십만 냥이지 결코 작은 액수는 아니다.

여지껏 자신이 번 돈보다도 많은 액수.

"후우… 후우!"

무황이는 심호흡을 했다.

뭔가 번뜩 머릿속을 스치는 게 있었다.

하지만 무황은 고개를 세차게 가로저으며 그 생각을 떨쳐 버리려고 했다.

그것은 도저히 사람이 할 짓이 아니었다.

아니, 결코 하고 싶지 않았다.

한 시진, 두 시진… 점점 애꿎은 시간만 흘러가고 불안과 초조함에 무황은 미쳐 버릴 것만 같았다.

"으아아악!!!!"

괴성을 지르며 벽에 머리를 마구 부딪쳤다.

쿵쿵쿵쿵쿵!!!

그래도 나아지는 것은 없었다.

해가 중천에 떴다. 이제는 정말로 뭐라도 해야 하는 시간이다. 오늘을 넘기면 무림학관에 들어가는 것을 포기해야만 했다.

"제기랄, 그 자식 만나면 죽여 버릴 거야."

무황은 굳은 얼굴로 마음을 다잡아 먹었다.

그리고 곧 무황의 얼굴근육이 먼젓번 흑의경장 사내를 만났을 때처럼 꿈틀되기 시작했다.

"아, 어떤 썩을 놈이 지랄이야!"

객잔 일층에서 졸고 있던 객잔 주인은 기둥이 흔들리는 굉음 소리에 눈살을 찌푸리며 이층으로 향하고 있었다.

일층에서 음식을 먹고 있던 손님들은 지붕이 내려앉는다고 급히 밖으로 나가 버리고, 주방 선반에 놓아두었던 식기들은 죄다 바닥으로 쏟아져 버렸다.

그 바람에 주방은 한바탕 난리가 났다.

점원 말로는 웬 소년이 묶고 있는 방이라고 하던데, 주인은 그 소년에게 손해비 명목으로 단단히 돈을 뜯어낼 작정이었다.

탕탕탕!

주인이 신경질적으로 방문을 두들기며 소리쳤다. 화가 단단히 난 상태인지라 자연 나오는 목소리도 곱지가 않았다.

"이보시오!!!"

그래도 투숙객인지라 주인은 최대한 예의를 지켰다고 생각했다.

"안에 있는 거 아니 빨리 나오시……."

주인이 말을 다 끝내기도 전에 문이 반쯤 열리면서 누군가의 목소리가 흘러나왔다.

"왜 그러시죠?"

참으로 영롱하면서도 듣기 좋은 미성의 목소리다. 목소리를 듣는 것만으로도 사람이 이렇게 기분이 좋아질 수 있을까 하는 의문이 들 지경이었다. 주인은 그 덕분에 화가 난 것이 조금은 수그러들어졌다.

만일 목소리의 주인공이 소란을 피운 것이라면 용서해 줄까 하는 생각이 들 정도였다.

그런데 문이 완전히 열리고 주인은 상대를 확인하는 순간 눈이 확장되면서 입이 다물어질 줄을 몰랐다.

나이는 열일곱 살 정도나 됐을까?

깎아 놓은 듯한 이목구비와 시원스럽게 내리뻗은 콧날, 그 아래로 붉은 장미를 머금은 것처럼 보이는 도톰한 입술은 만져 보고 싶을 만큼 매혹적이다. 귀여우면서도 절제된 듯한 요염함이 몸 전체에서 은은하게 풍겨져 나오는데 어찌 한 사람이 저렇게 상반된 느낌을 동시에 가질 수 있을까 하는 의문이 든다.

어디 그뿐인가, 인중 아래로 꾹 다문 입술은 남자라면 자칫 고집스럽게 보일 수가 있었는데, 소녀의 입술은 도톰하기 그지없어 여자 특유의 도도함을 내보이고 있었다.

주인은 객잔 운영을 하면서 아름다운 소녀를 숫하게 봐왔지만, 이 소녀는 그중에서도 가장 으뜸이었다.

예전에 무림삼화 중 한 명이라는 용봉이 자신의 객잔에 들린 적이 있었는데, 이 소녀의 용모는 가히 그녀와 비견될 만할 정도였다.

다만 조금 아쉬운 점이 있다면 이유는 모르겠지만 소녀는 남자의 것으로 보이는 듯한 무명옷과 바지를 입고 있었다. 옷 때문에 그녀의 외모가 빛을 발하는 것 같아서 그 점이 심히 안타까웠다.

주인은 얼굴에 미소까지 띠우면서 말했다.

"다름이 아니옵고, 시끄러운 소리가 들려서 한번 올라와 봤습니다."

"아, 그래요?"

소녀는 찔리는 구석이 있었지만 재빨리 순발력을 발휘해 대답했다.

"조금 전에 방 안에 쥐가 한 마리 들어와서 제가 놀래서 그랬나 봅니다."

"쥐요?"

그 말에 주인이 오히려 더 놀란 표정을 짓는다. 아닌 게 아니라 이곳 또한 사람이 사는 곳인지라 아무리 청결해도 쥐들이 드물게 객잔 안에 나타나기도 했다.

"네. 저는 쥐를 무척이나 무서워하거든요. 혹시 많이 시끄러웠나요?"

"아, 아닙니다. 오히려 저희가 죄송스럽습니다."

주인은 두 손까지 내저어 가며 과장되게 몸짓을 했다.

"그런데 쥐는 어떻게 되었습니까?"

"다행히 창문 밖으로 도망갔습니다. 어찌나 놀랐던지……."

소녀는 앙증맞은 손을 가슴 깨로 얹으며 쓸어내렸다. 참으로 가증스러웠지만, 주인장의 눈에는 깜짝 놀란 아름다운 소녀의 모습으로 보일 뿐이었다.

"허허, 소녀께서 저희 객잔에서 그런 몹쓸 일을 당하셨다니. 죄송스럽고 송구할 따름입니다. 언제고 다시 한 번 저희 객잔에 들려 주십시오. 그때는 저희가 정성껏 모시겠습니다."

"공짜로요?"

소녀가 눈을 반짝이며 물었고, 주인은 그 모습이 참으로 천진난만하다고 생각했다. 주인이 웃으면서 대답했다.

"물론입니다."

❖ ❖ ❖

무림학관의 정문 앞.

늘 그렇듯이 나른한 오후를 맞이하여, 몸이 축 늘어지

고 있던 면접관은 기지개를 피다가 해괴한 광경을 목격하고 말았다.

저 먼발치에서 걸어오고 있는 사람이 여인임은 분명한데, 사내 옷을 입고 마치 사내처럼 어기적거리며 다가오고 있는 것이다. 그녀는 매우 빠른 속도로 다가왔다.

"여기요."

여인이 앙증맞은 손에 꽉 쥐고 있던 입관패를 내밀었다.

헌데, 신기하게도 목소리는 꾀꼬리나 다름없을 정도로 영롱하기 그지없다는 점이다. 용모는 또 어떠한가. 흠잡을 곳이 없을 정도로 이목구비가 뚜렷했고, 피부 또한 순백색이었다. 허나 눈꼬리가 조금 올라가 있는 게 어딘가 모르게 화가 나 있는 것 같았다.

심경을 대변해 주듯 목소리도 퉁명스럽고 짜증이 묻어나왔다.

면접관이 확인하니 그 뒤에는 절강의 철가장 화무린이라고 적혀 있었다.

면접관은 뛰어난 기억력으로 어제 찾아왔다가 되돌아간 소년을 떠올렸다.

'아, 어제 그 소년을 보냈던 여인이구나.'

그러고 보니 얼굴이 조금 닮아 있었다.

면접관이 깨알같이 적혀 있는 방명록에 화무린이라는 이름을 적어 넣으며 말했다.

"어제 온 소협이랑은 남매이신가 봅니다. 두 분이 닮으신 것 같네요."

"그래요?"

"절차에 따라 저 안으로 들어가면 간단한 시험이 있을 겁니다. 통과하시게 되면 방 배정을 받고, 무림학관 소속의 학생이 되어 삼 년간의 교육을 받게 됩니다. 그 후에는 맹이나 련의 무사가 될 수도 있고, 무림고수가 되어 강호행을 하셔도 됩니다."

무황, 이제는 화무린이 된 그녀가 물었다.

"궁금한 게 있는데 물어봐도 되나요?"

"물어보십시오. 아는 한도 내에서는 대답해 드리지요."

"혹시 당문화라는 소저가 이곳에 들어갔나요?"

"당문의 당문화 소저요?"

면접관은 잠시 생각하는가 싶더니 이내 대답했다.

"분명히 오긴 왔습니다. 한 이삼 일 정도 된 것 같습니다만. 어디 보자……."

면접관은 방명록까지 뒤척이면서 평소에는 하지도 않는 친절을 베풀었다.

"여기 있네요. 당문화. 이틀 전에 왔습니다."

"흐음. 알겠습니다."

듣고 싶었던 대답을 들은 화무린은 씨익 웃으며 무림학관 안으로 발을 내딛었다.

그 모습이 생긴 거와는 다르게 왠지 모를 괴리감이 있어 보였다. 하지만 당당하고 자신 있어 보였다.

"건투를 빌겠소!"

면접관이 크게 소리쳤다.

화무린은 뒤도 돌아보지 않고 손을 흔들었다.

제2장
무림학관

시험은 면접관의 말처럼 무척이나 쉬웠다.

간단한 시력, 청력검사를 하고, 사물이나 물체에 대한 인지능력이나, 어떠한 상황에 처해져 있을 때 대처할 수 있는 순발력, 사고능력, 무공에 대한 이해 등. 간단한 것을 묻고 답하는 게 끝이었다.

무림학관에서 보는 시험이라기에 대단한 것인 줄만 알았는데, 면접관의 말처럼 사지육신만 멀쩡하다면 누구나 붙을 법한 시험들이었다.

시험을 끝내자, 안내원으로 보이는 듯한 이가 다가와 옷 두 벌과 책자 한 권, 누런 용그림이 그려져 있는 황동

패를 주며 설명했다.

"처음 무림학관에 들어오는 이에게는 신분을 나타내기 위해 이름이 새겨져 있는 황동패를 지급합니다. 다음 해에는 은패를 지급. 졸업반이 되면 금패를 지급해 드립니다. 이것은 자신의 신분과 학년을 뜻하는 것이니 항상 가지고 다니셔야 합니다. 절대 잃어버리시면 안 됩니다."

"알았어요. 그러도록 하죠."

"이것은 무림학관의 신입생들에게 나누어 주는 책입니다. 읽으시면 많은 도움이 될 것입니다."

"네."

"저를 따라오십시오. 방을 배정해 드리겠습니다. 옷은 배정받은 방에서 갈아입으시면 됩니다."

"옷이요?"

"처음 입관한 학생들은 육개월간 훈련 생활을 위해 옷을 갈아입으셔야 합니다. 규정이니 지켜 주시기 바랍니다."

"알았어요."

"혹시라도 집으로 보낼 물건이 있으시면 미리 말씀해 주세요. 저희가 잘 보내 드리도록 하겠습니다."

화무린은 짐이라고 할 것도 없었다.

애초에 들고 온 것이 없었으니까.

"방이나 보도록 하죠."

화무린은 길을 가는 도중 궁금해서 책을 펼쳐 봤다.

책 안에는 무림학관에 관한 규칙과 규율, 각 건물의 이름이나 사용 목적 등이 쓰여 있었다. 그중에는 화무린이 아는 것도 있었고, 모르는 것도 있었다.

"청무관은 뭐고 백무관은 또 뭐야?"

화무린이 중얼거리는 소리를 들었는지 안내원은 그런 화무린에게 시선을 주며 말했다.

"청무관은 기초적인 체력훈련이나, 무공에 대한 전반적인 지식을 알려 주는 곳입니다. 백무관은 주로 내공심법과 체질에 걸맞는 무공을 배우는 곳이지요. 어떠한 것을 익히든 그것은 본인의 자유입니다. 그곳에 배치되어 있는 교관들이 친절하게 지도해 줄 것입니다."

"오호, 그래요?"

"하지만 소저의 눈에 차지 않을 수도 있습니다. 대부분은 저마다 어려서부터 갈고닦아 온 무공이나 내공심법이 있으니까요. 그럴 경우에는 다음 학년이 될 때까지 자율훈련으로 수련하시던 것을 계속하시면 됩니다. 학년이 바뀌면 개방되는 무공의 수준이 한 단계 높아지거든요.

다 왔습니다. 여기입니다."

안내원이 걸음을 멈춰선 곳은 엄청나게 큰 규모의 건물 앞에서였다. 고풍스럽게 지어진 건물의 규모는 그 높이만 십 장은 족히 넘어 보였다.

안내원이 웃으면서 말했다.

"이곳부터는 혼자 가셔도 될 것입니다. 방은 총 오십개로 나뉘어져 있으며, 한 방에 세 명씩 생활하게 될 겁니다. 소저가 묵게 될 곳은 삼백이호실입니다. 지금은 빈방이 조금 있으나 오늘까지는 학생들이 입실 예정이오니, 방이 모두 채워질 것입니다. 내일 입관식 행사 후 본격적인 훈련이 시작될 것입니다. 오늘은 푹 쉬시며 구경이나 하시면 될 것 같습니다."

"예."

화무린은 고개를 끄덕였다.

안내원이 돌아가자 화무린은 그녀의 말대로 걸음을 옮겨 삼층으로 향했다. 건물 안에는 딱히 장식이랄 것도 없는 수묵화로 그려진 그림이나 서체 등이 걸려 있었다. 그 옆으로 신입생들로 보이는 여자들이 저마다 이리저리 기웃거리며 내부를 구경하고 있는 것이 보였다. 신입생들은 저마다 화무린을 보며 힐끔거렸다.

수군거리는 소리가 고스란히 들려왔다.

"쟤 뭐야, 저거 남자 옷 아니야?"

"그러게, 생긴 건 멀쩡하게 생겼는데 왜 남자 옷을 입고 있지?"

힐끔힐끔.

그러고 보니 화무린은 자신이 아직까지 무황이었을 때 입었던 옷을 그대로 입고 있다는 것을 깨달았다. 어쩐지 아까부터 사람들이 자꾸 자신을 이상한 눈으로 쳐다보더라니.

의식을 안 할 때는 모르겠으나, 한 번 의식하고 나니 자꾸 신경이 쓰였다.

화무린은 삼층까지 올라가 삼백이호라고 써져 있는 방 앞에 멈춰 섰다.

문은 미닫이 방식으로 되어 있었다.

아무도 없는지 방 안은 조용했다.

드르르륵—!

방은 깨끗하고 생각보다 큼지막했다.

적당한 위치에 침대까지 놓여져 있었다.

침대 위에는 개인적으로 쓸 수 있는 탁자 모양의 수납공간 같은 것이 보였는데, 그 위에는 임자가 있는 것으로 보이는 물건들이 놓여 있었다. 추측컨대 이방에는 이미 한 명이 입실해 있는 상태이고, 자신 이외에도 한 명이 더 올 것 같았다.

남아 있는 침대는 입구 쪽과 그 반대편에 있는 모서리 쪽.

전망 좋은 창가 쪽은 이미 주인이 있었다.

"이쪽이 마음에 드는군."

화무린은 입구 반대쪽 침대를 선택했다. 여자들은 보통 전망이 좋은 곳에 침실을 꾸미는 경향이 있는데, 화무린이 보기에는 그것은 어리석고 멍청하기 짝이 없는 짓이다. 암살자가 누군가를 죽일 작정으로 집 안으로 들어오려면 창문을 통해 침투하는 것이 가장 손쉽고 빠르기 때문이다.

그래서 노련한 무인들은 보통 객잔에서 투숙을 할 때에도 창문을 정면으로 바라보는 자세에서 잠을 청하고는 한다.

화무린은 아무도 없음을 확인하고 입고 있는 옷을 집어 던진 후, 안내원이 내어 준 옷으로 갈아입었다.

옷은 맞춘 듯이 꼭 맞았다.

화무린은 한쪽 벽에 놓여진 동경을 쳐다보며 만족스러운 표정을 지었다. 자신의 모습이긴 하지만 아름답기 그지없었다. 들어갈 때는 들어가고 나올 때는 확실히 나왔다. 몸매의 굴곡도 과하지도 부족하지도 않았다. 완벽한 절제미를 갖춘 체형이다.

청부 일을 계속 맡다 보면 본의 아니게 여자가 필요할 때가 종종 있는데, 화무린은 그럴 때마다 변체환용술을 사용하여 지금의 모습으로 일을 하곤 했다.

뚱뚱하고 못생긴 것보다는 아름답고 예쁜 것이 훨씬 좋지 않은가?

일의 능률도 오르고, 보기에도 좋고! 꿩 먹고 알 먹고, 도랑치고 가재 잡고. 이것이야말로 일거양득의 묘리가 아니고 무엇이겠는가?

처음에 사부에게 이 무공을 배웠을 때가 생각난다.

화무린이 익히고 있는 이 무공은 천마교의 구마 중 한 명이라는 환마의 무공을 본떠 만든 것으로, 환희소소공과 축골공(縮骨功)을 변형하여 새로운 무공을 창안한 것이라고 했다.

명칭은 이른바 무영환용술!

무영환용술을 펼치게 되면 환희소소공을 발휘했을 때와 마찬가지로 사람을 미혹시키는 기운을 은은히 내뿜게 된다.

상대방은 자신도 모르는 사이 그 기운에 매료당하고 마는 것이다.

하지만 무영환용술에도 단점이 존재했으니.

그것은 바로 무영환용술을 유지하려면 내력이 끊임없이 이어지고 있어야 한다는 점이다.

어지간한 내가고수들은 정신을 완전히 잃던가, 내공이 바닥이 나지 않는 이상 몸 안에서 스스로 내력을 만들어 발생시키기에 내력이 끊길 걱정은 없으나 사람의 일이라는 것은 한 치의 앞도 내다볼 수 없는 일이다.

그에 따른 심력도 낭비해야 하니 이것 또한 단점이라면 단점이랄 수 있었다.

처음 화무린은 그것을 자신이 살고 있는 홍등가의 여인들에게 실험 삼아 써 본 적이 있는데, 그 효과는 매우 탁월했다.

내친김에 화무린은 사부에게서 배운 잡기들과 방중술 등을 실험해 볼 요량으로 매일같이 홍등가에 드나들었다. 그 덕분에 색마라는 칭호를 갖게 되었지만, 실제로는 여인들과 동침을 한 적은 없었다.

화무린이 발휘하는 섭혼술에 걸려 세뇌당한 여인들이 저마다 동침을 한 것으로 착각을 한 것뿐이었다.

그렇게 화무린이 동경에 비친 자신이 모습을 보고 흠뻑 젖어 있을 때, 누군가가 방 안으로 쓰윽 들어왔다.

화무린은 둔부 부분이 조금 쳐졌나 싶어 쓰다듬다가 저도 모르게 화들짝 놀라 욕설부터 내뱉었다.

"시팔, 깜짝이야!"

그 말을 듣고 들어온 여인이 화무린보다 더 놀란 표정을 지었다. 아니, 여인이라고 하기에는 어려 보이는 소저였다.

"죄, 죄송해요. 방 안에 사람이 있는지 모르고."

들어온 소저는 얼굴까지 시뻘개져서 고개까지 꾸벅 숙였다.

사실 그녀가 잘못한 것은 없었다. 문은 열려 있었고, 동경 앞에서 추태를 보이고 있었던 것은 화무린이었으니까. 괜히 이상한 모습을 보인 게 아닌가 싶어 화무린이 넉살 좋은 웃음을 지으며 들어온 소저를 반겼다.

"어머, 미안해라! 나도 모르게 그만. 호호호!"

들어온 소저가 화무린을 보고 힐끔거린다.

수줍음이 많아 보였다. 그것은 화무린 혼자만의 생각이었지만, 그녀 입장에서 보자면 그건 수줍음이 아니라 낯선 이를 경계하는 것이었다.

어린 소저는 화무린을 경계하고 있었다.

"나 이상한 사람 아니야. 이방에서 묶을 신입생 맞지?"

대답 대신 고개를 끄덕였다.

끄덕끄덕.

"남은 곳은 저곳밖에 없으니 그곳에다가 짐을 풀면 될 거야."

화무린이 입구 쪽 침대를 가리키며 말했다. 그 말을 들은 어린 소저가 쭈뼛거리며 여장을 풀어놓았다.

눈치를 보면서 두리번거리는 모습이 참으로 귀여워 보였다.

"이봐 동생, 몇 살이야?"

화무린이 물었다.

"열다섯 살인데요."

그녀가 대답했다.

"혹시 요령성 심양에서 왔니?"

그녀가 깜짝 놀라며 반문했다.

"어떻게 아셨어요?"

"그래? 그렇다면 모용세가의 둘째딸 모용수미가 너겠구나?"

그녀는 너무 놀라 눈만 껌뻑거렸다.

완전 귀신이 따로 없었다.

"호호호, 별거 아니야. 네가 입고 있는 옷은 요령성 특유의 무늬가 그려져 있지. 재질이 좋은 비단옷은 심양에서 큰 포목점에서 주로 판매되는데, 무림학관에 입학할 정도의 신분과 재력을 가진 곳은 요령성에서 모용세가밖에 없지. 안 그래?"

"우와!"

모용수미는 진심으로 탄복했다.

한 치의 틀림도 없는 사실이었다.

"난 화무린이라고 해. 열일곱 살이니까 내가 언니겠네?"

모용수미가 꾸벅거리면서 인사했다.

눈을 반짝거리는 것이 말 몇 마디로 인해 경계를 풀고, 자신에게 존경을 보이는 것 같았다. 이런 점을 보자면 애들은 확실히 다루기가 쉬웠다.

"안녕하세요. 언니. 앞으로 잘 부탁드려요."

화무린이 히죽거리며 대답했다.

"그래, 잘 지내보자꾸나."

둘은 마땅히 할 것도 없어 주변이나 구경하려고 밖으로 나왔다. 모용수미는 오늘 처음 봤음에도 불구하고 화무린을 무척이나 따랐다.

원래 구파일방이나 오대세가의 자제들은 무척이나 엄한 환경에서 교육을 받으며 자라나기 마련이다.

그러한 교육들은 대부분 폐쇄적인 공간에서 이루어지는 일이 많은데, 그래서 명문자제의 아이일수록 자신도 모르게 낯선 이들을 경계하기 마련이다.

모용수미는 다행히도 그러한 점은 없었다.

밝고 명랑한 아이였다. 요즘같이 대문파의 자제랍시고 거들먹거리거나 남을 업신여기지 않아서 좋았다.

아직 어려서인지 천성이 그러한 것인지는 모르겠지만 화무린은 그런 모용수미가 싫지 않았다.

모용수미가 뒤따르면서 말했다.

"언니 머리카락이 진짜 예뻐요. 마치 보석처럼 찰랑거려요."

"칭찬 고맙구나. 별거 아니야. 너도 조금만 지나면 찰랑거리는 머리카락을 가지게 될 거야."

"진짜요?"

"그래. 언니도 너 나이 때쯤에는 머리카락이 빗자루처럼 거칠었었지."

"그래요? 그러면 저도 조금 더 크면 언니처럼 변할 수 있을까요?"

모용수미는 조금은 작은 키에 아이 같기 만한 자신의 몸과 화무린을 번갈아 쳐다보며 눈을 반짝반짝 거렸다.

사실 그건 모용수미에게 있어서는 중요한 문제였다. 자신이 또래들과는 다르게 발육이 뒤처진다는 사실이 그녀에게는 큰 걱정 중 하나였던 것이다.

모용수미의 부모님은 그런 걱정거리를 듣고, 걱정 말라며 그냥 웃어넘겼다지만 모용수미는 그러지를 못했다.

화무린은 걱정 말라고 손을 내저었다.

“걱정 마렴. 네가 무림학관을 졸업할 때쯤에는 이 언니보다 훨씬 더 예쁘게 변해 있을 테니까. 아마 너 좋다고 쫓아다니는 남자가 줄을 서게 될 거야.”

“진짜요? 진짜 그럴까요?”

어린애 한 명 속이는 것쯤은 일도 아니었다. 아니 이것은 속이는 것이 아닌, 아이의 동심을 지켜 주는 선의를 베풀어 주는 것이다. 물론, 모용수미가 절색미인으로 변화할지도 모르는 일이지만, 냉정하게 판단했을 때 그럴 것 같지는 않아 보였다.

화무린이 쐐기를 박았다.

“물론이지.”

“헤헷.”

모용수미가 그 말에 입이 함지박만 하게 벌어졌다.

그 모습이 참으로 귀여웠다.

❖ ❖ ❖

무림맹은 크게 집법전과 원로원으로 양분되어 나뉘었다.

집법전은 무림맹에 소속되어 있는 크고 작은 스물아홉 개의 무력 단체를 이끌며, 맹의 외부에서 일어난 일들을 처리하고 있다.

원로원은 주로 내전에 관계된 일을 맡아보고 있으며, 인사 문제나 외교적인 일을 맡아 맹의 안주인 역할을 하고 있었다.

집법전과 원로원은 무림맹을 떠받히고 있는 두 개의 기둥이라고 말할 수 있으며, 무림맹의 전부라고 해도 과언이 아니었다.

무림맹에 이런 핵심 단체가 두 개인 이유는 바로 집법전과 원로원이라는 두 개의 세력이 서로를 상호 견제하여, 어느 한쪽의 세력에 의해 맹이 좌지우지하는 것을 막기 위함이었다. 허나, 평화의 시기가 너무 오래 지속된 탓일까?

현재의 무림맹은 그 이름이 유명무실해질 정도로 썩어 가고 있었다.

사람의 욕심이라는 것은 그 끝이 없을 정도로 탐욕스러운 것. 가진 것에 안주하지 못하고 늘 남의 것을 탐내는 것이 바로 인간이라는 탈을 쓴 짐승이 아니던가?

그것이 권력이라는 이름하에 내던져질 때는 더욱 그러하다.

설립 취지와는 다르게 그 존재 자체가 유명무실해져 가는 무림맹은 권력을 휘두르는 권력자들의 놀이터가 되어 버리고 말았다.

점점 변질돼 가는 무림맹의 모습을 보며 환멸을 느낀 많은 무림명숙들이 맹을 떠나가기 시작했다. 그들의 대부분은 구파일방을 비롯한 정파의 무림명숙들이었다. 그리고 그들의 빈자리는 반대로 부와 명예를 탐내는 사파인들로 채워지기 시작했다.

특히나 원로원 같은 경우는 그 정도가 더욱 심했는데, 작금에 이르러서는 원로원의 삼십 명 중 스물 명이 사파의 고수들로 이루어지게 되었다.

천하는 사파 천하가 되어 가고 있었다.

— 一

수뇌부들만 모이는 회의실에 때 아닌 긴장감이 감돌고 있었다.

실내에는 숨 막힐 듯한 살기가 내뿜어지고 있었다.

인원은 총 열여섯 명.

모두가 원로원의 고수들 사파 출신들로만 이루어진 자들이었다.

여기 모여 있는 자들 중 무공 수위가 제일 약한 자가 일류급이요, 초절정의 경지에 도달한 이도 있었다. 하지만 그들은 단 한 사람에게서 뿜어져 나오는 기운을 이겨내지 못하고 몸을 움츠리고 있었다.

그들이 두려워하는 존재는 단 한 명.

바로 노상춘 장로였다.

그는 사도련 내에서 제 이인자로 알려져 있으며, 부련주직과 무림맹의 원로원주직을 역임하고 있었다.

노상춘은 극양지체의 신체를 가지고 태어나 극양마공을 칠성까지 익혔는데, 그로 인해 그의 눈동자에서는 늘 은은한 붉은색 기광이 뿜어져 나왔다.

노상춘은 화가 났다는 것을 전혀 숨길 생각이 없는지 고스란히 자신의 기운을 노출시키며 장내를 쏘아봤다. 그의 눈빛은 진득한 살기가 녹아들어가 있었다. 그 눈빛에 닿는 이들은 한결같이 몸을 움츠리며 시선을 피하기에 급급했다.

그가 노기가 가득 담긴 목소리로 장내를 훑어보며 물었다.

"계집의 행방은 어떻게 되었소?"

그 말에 가뜩이나 움츠려 있던 이들은 아예 고개도 들지 못했다.

우지직!!!

그가 쥐고 있던 의자 손잡이 부분이 부서지며 섬뜩한 소리를 냈다. 그 모습을 보고 있던 삼뇌마야 당수기는 그야말로 죽을 맛이었다. 그는 사파제일의 두뇌라는 칭호를 가지고 있었는데, 뇌가 세 개라고 하여 삼뇌마야라고 불리고 있었다.

노상춘이 딱히 자신을 지목하여 묻지는 않았지만, 결국 그 화살의 방향은 자신에게로 올 것이라는 것을 그동안의 경험을 통해 잘 알고 있었다.

다른 이들은 행여 자신에게 불똥이 튈까 무서워 노상춘의 눈치를 보기에 급급했다. 하지만 삼뇌마야 당수기는 언제까지 입을 다물고 있을 수만은 없기에 용기를 내어 입을 떼었다.

"죄송합니다. 사람을 풀어 찾아보고 있으나 찾기가 쉽지가 않습니다. 조금만 더 시일을 주신다면……."

그의 말을 끝까지 이어지지 않았다.

쾅!!!

노상춘은 자신의 앞에 놓인 두 손으로 탁자를 내리친 것이다. 노상춘의 주먹에 맞은 탁자는 그대로 갈라지며 요란한 소리를 내며 무너졌다.

"조금만 더… 조금만 더… 대체 언제까지 그 말만을 반복할 것이오?! 사파 제일의 두뇌라는 자가 여지껏 십칠 년 동안이나 감춰져 있던 계집의 존재도 알지 못했다는 게 말이 되오? 그러고도 그대가 사파제일의 두뇌라고 할 수 있겠소?"

"죄, 죄송합니다. 허나, 황오현 장로 측에서 작정하고 감춰 왔던 터라 알아내기가 쉽지 않았습니다. 벌써 꽤 오래전에 일어난 일이라 당시 상황을 알고 있는 자도 없었고… 관련자들 또한 모조리 잠적해 버린 탓에……."

갈수록 삼뇌의 말은 작아졌고, 노상춘은 싸늘한 얼굴로 삼뇌의 말을 잘랐다.

"그래서 우연히 알게 되었지. 바로 집법전의 양당주에 의해서!"

그 말을 듣고 한쪽 벽에 서 있는 자가 고개를 숙였다.

양당주는 집법전의 소속 당주로, 이번에 노상춘에게 충성을 맹세한 이였다. 이런 중대차한 회의에 당주의 신분으로 참석한 것은 그가 제공한 정보가 워낙 대단한 탓이었다. 노상춘이 그를 바라보며 치하했다.

"양당주가 아니면 큰일 날 뻔했소이다. 내 이 신세는 언제고 크게 한번 갚겠소."

노상춘의 장점은 바로 이러한 점에 있었다. 그는 당근과 채찍을 확실히 이용할 줄 아는 자였다. 부릴 때는 확실히 부리고, 공을 치하해 줄 때는 확실하게 치하해 준다. 그가 안겨 주는 권력과 재물은 상상도 하기 힘든 막대한 것이라 그 맛을 본 자들은 헤어나지를 못했다.

"삼뇌! 더 핑계될 말이 있소?"

"아, 아닙니다!"

당수기는 아예 바닥에 고개를 처박았다.

"죄송합니다. 소인이 무능하여 그만… 하지만 조금만 더 시간을 주십시오! 수하들을 시켜 그 계집의 행방을 추적 중에 있습니다. 신원이 파악되는 대로 사람을 붙여 놓을 것이니, 조금만… 더 기다려 주십시오!"

노상춘도 삼뇌가 말한 것밖에 뾰족한 다른 방법이 생

각나지 않았다.

그러기에 그는 더 화가 났다. 하지만 그는 속내를 수하들에게 드러내 보일 만큼 어리숙한 자가 아니었다.

그는 사람을 부릴 줄 아는 자였다.

이럴 때는 몰아붙이기보다는 너그러움을 보여 주는 편이 더 나았다. 쥐구멍에 몰린 생쥐는 고양이도 무는 법이기에.

"좋소. 시간을 더 드리리다. 허나, 사안이 사안인 만큼 오래 기다릴 수는 없소. 최대한 빠른 시일 안에 처리해 주시오. 내 그대에게 비영대를 움직일 수 있는 권한을 주겠소."

"비, 비영대요?"

비영대는 사도련 내에서도 비밀리에 운영되는 정보단체로 하나같이 일류급 고수들로만 구성되어 있었다.

개개인이 극도의 경공술을 익힌 자들로, 주로 어려운 첩보활동이나 주요임무 등에 투입되어 활동을 했다.

그런 자들이 오십 명이나 되니 분명히 큰 도움이 될 것이다.

"이번 일은 그대에게 일임하도록 하겠소. 하지만 눈에 보이는 성과가 없을 시! 단단히 각오를 하는 것이 좋을 거요!"

당수기가 바닥에 머리를 부서져라 박았다.

"최선을 다하겠습니다."

◈ ◈ ◈

화무린은 담벼락을 따라 한가로이 건물 이곳저곳을 구경하고 있었다.

그리고 그 뒤를 모용수미가 졸졸 쫓아다녔다.

둘은 어딜 가도 눈에 잘 띄었다.

천하절색이라고 불리는 무림삼미와도 비견될 만한 용모를 가지고 있는 화무린이다. 그 뒤를 귀엽고 깜찍한 모용수미가 쫓아다니고 있으니, 남자들이 그녀들을 내버려두면 그것이 오히려 이상한 것이었다.

이곳 이, 삼학년들에게도 무림학관에 신입생들이 오는 날은 그들 또한 즐거운 날이었다. 특히나 남자들에게는 더욱 그러했다.

무림학관이라는 폐쇄적인 공간에 갇혀 매일같이 지루한 생활만을 반복하는 그들에게는, 아리따운 소저들의 풋풋함을 엿볼 수 있는 기회는 그리 흔한 것이 아니었다. 남자들에게 있어 아름다운 여자의 존재는 동경이요, 선망이었다.

장미꽃에는 가시가 있지만 그것을 꺾기 위해 몸부림쳐야 하는 것이 수컷들의 운명! 그것은 신이 남자들에게 내린 최고의 형벌이자 최고의 굴레였다. 남자들에게 있어서 아름다운 여자란 그런 존재였다.

그러던 와중에 화무린과 모용수미를 보게 되었으니, 그들은 이게 웬 횡재인가 싶었을 것이다.

대부분의 남자들은 그녀들이 지나가는 것을 바라보는 것 정도로 그쳤지만, 그중에는 그녀들에게 말이라도 붙여볼 요량으로 다가오는 이도 있었다.

자기들 딴에는 나름 가문도 괜찮고, 인물도 자신 있다고 생각한 모양이다.

"커흠! 안녕들 하시오. 혹시 이번에 들어온 신입생들이시오?"

무슨 의도로 접근하는지는 불 보듯 뻔한 일이다. 하지만 먼저 인사를 건네 왔는데 무시하고 지나갈 수도 없는 노릇이기에 화무린도 건성으로 대답했다.

"네, 그런데요?"

"나는 요동에서 대문파로 자리 잡고 있는 사환세가의 사호라오. 이학년생이지요."

사환세가라.

들어 본 적이 있다. 요동에 얼굴만 번지르르한 놈이 하나 있는데, 가문의 돈은 그 자식 혼자 계집질하는데 다 쓰인다고. 개 버릇 남 못 준다고 여기서도 계집질 중인 모양이다.

"아, 네."

화무린이 시큰둥한 표정으로 그냥 지나치려고 하자 그가 그녀의 앞길을 막아섰다.

"제 소개를 했으니 소저의 소개를 해주는 것이 마땅한 도리 아니오? 혹시, 바쁜 일이라도 있는 것이요?"

상대가 이렇게까지 나오는데 그냥 무시하는 것은 예의가 아니라고 생각되어 화무린도 마지못해 입을 열었다.

"저는 화무린, 제 옆에 있는 동생은 모용수미라고 합니다."

"아! 화 소저와 모용 소저이셨구려."

화무린도 근본이 남자이다 보니 이 능글거리는 놈들과 이런 영양가 없는 대화를 나누고 있는 것 자체가 짜증스러운 일이었다.

생각 같아서는 앞에서 능글거리고 있는 녀석의 면상을 갈기고 싶었지만, 지금은 무황이 아닌 화무린이라는 신분이었기에 참아야 했다.

'젠장, 얼굴이 예쁘니 이런 피곤할 일까지 겪어야 하다니! 이럴 줄 알았으면 조금 못생긴 얼굴을 택할걸 그랬나?'

후회가 조금 밀려왔지만, 어떻게 하겠는가? 이미 엎질러진 물인 것을?

그냥 순수한 친분을 나누고자 했으면 그녀 또한 이런 반응을 보이진 않았을 것이다. 하지만 화무린이 보기에는 이 녀석들은 친구가 필요한 것이 아닌 그냥 예쁜 여자가 필요한 것이다. 지나가는 길에 재수 없게 자신이 얻어 걸린 것이고.

"반갑소. 처음 뵙는 얼굴들인 걸 보아하니 이번에 입관하신 소저들인 모양이구려. 난 풍월공자라 하오. 이름은 제호라고 하오."

이놈도 들어봤다. 글재주에 남다른 재주가 있다고 하여 풍월공자라고 불리는 호북성의 귀재. 꽤나 영특하다고 들었는데, 사호 같은 놈이랑 어울리고 있었던가?

"무림학관은 보기보다 크다오. 괜찮다면 저희들이 안내를 해드리고 싶소만……."

모용수미를 쳐다보자 그녀가 고개를 절레절레 흔들었다.

싫다는 의사 표현이다.

가뜩이나 수줍음이 많아 보이는 녀석인데 이제는 아예 등 뒤에 찰싹 붙어 있었다. 굳이 모용수미 때문이 아니더라도 그녀도 이런 놈들이랑 어울리고 싶은 마음은 추호도 없었다.

"괜찮습니다. 폐를 끼치기 싫으니, 그냥 저희끼리 둘러보도록 하지요."

화무린이 정중하게 말했다.

그러자 사호가 호탕하게 웃었다.

"하하, 부담 가지실 것 없습니다. 아리따운 소저들이 행여 이 넓은 무림학관 내에서 길이라도 잃어버리시면 곤란하지 않겠습니까? 저희들이 안내해 드릴 터이니 이쪽으로 오시지요."

"아닙니다. 그냥 저희끼리 다니는 것이 편해서 그럽니다. 그러면 이만."

화무린이 녀석을 피해 걸음을 옮기려고 하자 또 다른 한 녀석이 잽싸게 길을 막아섰다.

"자꾸 저희의 호의를 거절하지 마십시오. 자꾸 그러시면 저희가 무안해집니다."

이 녀석들처럼 계집질을 많이 해 본 놈들이 내숭인지 정말 싫어서 거절했는지조차도 구분하지 못할 리는 만무하고, 보아하니 찰거머리처럼 붙어서 어떻게든 수작질 좀 해 보려는 속셈 같다. 아무리 좋게 이야기한들 먹힐 것 같지도 않은 분위기.

이런 놈들은 어딜 가나 꼭 있다.

맞아야 정신을 차리는 놈들.

화무린의 미간에 갈지자가 새겨졌다.

역시 남자라는 족속들은 좋게 해서는 말을 안 듣는 종자들이다. 남자와 북어는 자고로 패야 말을 듣는다.

더군다나 여자에게 눈이 돌아간 놈들은 더욱더 패야 한다.

화무린은 그러한 것들을 너무 잘 알고 있었다.

여지껏 그가 받은 의뢰의 세 개 중 한 개는 꼭 치정이나 남녀 문제가 얽혀 있었는데, 여자한테 눈이 돌아 버린 남자는 가문도 팔아먹을 정도로 지독한 독심을 보이곤 했다.

그럴 때 답은 하나밖에 없었다.

그냥 때리는 것이다. 때리고, 때리고, 또 때리는 것이다. 여자를 때릴 수는 없으니 여자가 맞을 몫까지 고스란히 남자에게 쏟아부으면 된다.

처음에는 사랑이 어쩌구저쩌구 하면서 절대 굴복할 수

없다고 한다. 하지만 그것은 전부 개소리다.

사람의 육체는 정신적인 측면과도 깊은 교감이 있어, 극도에 달하는 고통을 맛보게 되면 그 어떤 집념이나 상념, 소신 등 보다도 우선하게 된다.

적어도 화무린이 보아 왔던 남자들은 전부 그러했다.

화무린은 귀찮게 하는 이 두 남자를 어떻게 떨쳐 버릴까 생각하고 있는데, 의외로 문제는 간단하게 해결되었다.

"이놈들!!! 수업 시간에 여기서 무얼 하고 있는 게냐!!!"

쩌렁쩌렁하게 울리는 외침과 함께 누군가가 불쑥 나타났다.

그는 바로 무당에서 파견 나온 사람 중 한 명으로 운자돌림의 항렬을 가지고 있는 무당지운이라는 교관이었다.

그는 여유와 너그러움으로 마음을 다스리는 무당의 성격과는 어울리지 않게 괴팍하기로 소문이 나 있었는데, 무림학관에서 교육을 받고 있는 이들 중 그의 심기를 어지럽힐 만한 배짱을 가진 이는 없었다.

"교, 교관님 잘못했습니다! 저희들은 다만……."

"다만 뭐! 여자 신입생을 꼬시려고 교육 시간을 내뺐다고 말할 셈이냐!"

그 말에 둘은 꿀 먹은 벙어리가 되었다.

"크흠! 너희 둘은 이번 생활교육 점수에서 각 삼 점에 해당하는 벌점을 받게 될 것이다. 그리들 알고 냉큼 교육장으로 튀어 가!"

"네, 넷!!!!"

교관의 호령 소리에 둘은 발이 안 보이게 뛰기 시작했다.

그들이 시야에서 사라지는 것은 순식간이었다.

무당지운은 화무린과 모용수미를 쳐다보며 인자한 미소를 지었다.

"이번 신입생들인가 보군."

"예, 그렇습니다."

"학관 내에 저런 놈들만 있는 것은 아니니 너무 걱정들 마시게. 좋은 녀석들도 있으니. 그럼 나도 이만 가 볼 테니 구경들 잘들 하시게나."

"신경 써 주셔서 감사합니다."

무당지운이 사라지자 화무린이 모용수미를 쳐다보며 물었다. 지분거리는 인간들이 사라지기는 했으나 그 둘을 향하는 시선은 아직 따가웠다.

"구경은 대충 했으니 숙소로 돌아갈까?"

모용수미가 잠시 우물쭈물하더니 이내 귓가에 대고 작게 속삭였다.

"나 배고파요."

그 말을 하면서 왜 그렇게 부끄러워하는지 모르겠으나, 식 때가 이미 지나 화무린도 배가 고팠으니 별 이유를 달진 않았다.

"좋아. 식사나 하로 가자. 집 떠나면 고생이라는데 밥이라도 잘 먹어야지."

"응!"

모용수미가 배시시 거리며 웃었다.

화무린이 그런 모용수미를 보며 움찔거렸다.

……이 녀석, 위험하다.

화무린은 어깨너머로 이곳저곳을 기웃거리며 식당을 찾았다. 식당을 찾기는 그리 어렵지 않았다.

다른 고풍스러운 전각들과는 다르게 단출하면서 커다랗게 지어진 건물을 바라보며 흡족한 미소를 지었다. 무림학관의 학생들이 식사하는 곳을 제대로 찾아온 것이다.

식 때가 지나서인지 사람들의 모습은 거의 보이지가 않았다. 아니, 아예 보이지가 않았다.

그녀들은 조금은 편하게 식사를 하겠다 싶어서 식당 안으로 발걸음을 내딛었다.

깔끔한 옷차림에 흰색 마의를 걸친 중년 사내가 분주

하게 식당 안을 치우다가 누군가가 들어오는 것을 보고 소리를 질렀다.

"식사 시간이 끝난 지가 언젠데 지금 오는 것이냐?! 밥 먹으려면 저녁때나 다시 오거라!"

무림학관에서 잡일을 하는 일꾼들의 대부분은 맹에서 차출해 온 삼류무사들이다. 무림맹이나 무림학관이나 잡일을 하는 것은 마찬가지인데, 그들은 이왕이면 편하고 돈을 더 많이 주는 무림학관을 선호했다.

맹 안에서는 이리저리 눈치 봐야 할 것이 많으나, 이곳에서는 일만 제대로 한다면 눈치를 주거나 면박 받을 일도 없으니 그들에게는 천국이나 다름없는 곳이었다.

"아, 죄송합니다. 배식 시간을 몰라서 그랬습니다. 그러면 지금은 식사를 못하는 겁니까?"

"두 번 말해야 알겠느냐? 일하는데 훼방 놓지 말고 썩 나가라!"

중년 사내가 여자 목소리에 대응하다 그녀들의 얼굴을 힐끔 쳐다봤다.

화무린은 볼을 긁적거리고 있었고, 그 옆에 모용수미는 시무룩한 표정으로 자신을 바라보고 있었다.

중년 사내는 자신이 여자들에게 너무했나 싶어서 그녀

들에게 다가가 말했다.

"점심 배식은 오시(午時)부터 미시(未時). 저녁 배식은 유시(酉時)부터 술시(戌時)가 되기 직전까지다. 이곳에서 식사를 하려거든 꼭 그 시간에 맞춰서 와야 한다."

"아, 그랬군요. 몰랐습니다."

"알았으면 그만 나가 봐라."

중년 사내가 등을 돌리고 다시 일하려고 하는데 조그맣게 소리가 들려왔다.

꼬르르륵.

작게 소곤거리는 소리도 들렸다.

"수미 배고파? 그런데 어쩌지? 저분 말로는 밥 먹을 수가 없대."

"나 배고픈데."

"흐음. 어쩐다. 밖에 나가서 사 먹고 들어오는 수밖에 없나?"

중년 사내는 문득 집에 있는 토끼 같은 아이들이 생각났다. 첫째 딸아이가 꼭 모용수미만 할 것이다.

"크흠! 잠깐만 기다려라."

중년 사내는 자신이 먹기 위해 만들어 놓은 주먹밥 다섯 개를 내밀면서 말했다.

"원래 배식 시간 이외에 식사를 주는 것은 규칙에 어긋나지만 이것은 내 것이니 상관없겠지. 일단 이걸로 허기라도 면하고 저녁때 다시 오도록 하거라. 내 생각 같아서는 식사를 주고 싶지만 이곳도 나름대로 규칙이 있는지라 그럴 수가 없구나. 학관의 정문은 유시에 닫는데, 지금 나갔다가는 자칫 들어오지 못하는 수가 생길 수도 있으니 나갈 생각은 행여 말고."

"흐음. 그런 규칙이 있었군요."

"무림학관에서 생활하려면 규칙들을 잘 숙지해야 할 것이야. 자칫 퇴학당하지 않으려면."

"고맙습니다."

화무린은 고개를 숙였다.

모처럼만에 받아 보는 순수한 호의였다.

대가를 바라지 않는 호의는 상대로 하여금 기분을 좋게 만든다. 세상에 대가없는 호의가 어디 있겠냐만은 중년 사내의 얼굴에는 그러한 것이 전혀 나타나 있지 않았다. 그래서 화무린은 드물게 기분이 좋아졌다.

"내 이름은 천개팔이라고 한다. 혹시나 생활하다가 어려운 게 있으면 나를 찾아와라. 내가 뭐 도움이 되겠냐만은 혹시 또 도와줄 일이 있을지도 모르니."

“저는 화무린이라고 합니다. 얘는 모용수미이고요.”

“그래, 그러면 어서 먹고 가 봐라. 나는 저녁 배식을 준비하려면 이것저것 할 일이 많으니.”

화무린은 천개팔이라는 이름을 대뇌이고는 다시 한 번 고개를 숙였다.

“고맙습니다.”

천개팔이라는 중년 사내는 건성으로 손짓을 하며 주방 안으로 들어가 버렸다.

화무린은 그의 뒤를 보다가 기분 좋게 외쳤다.

“자, 그러면 식사를 해 볼까나? 응?”

모용수미는 가장 가까운 의자에 앉아 벌써 주먹밥을 먹고 있었다.

자신의 주먹만 한 밥을 들고는 입에 밥풀까지 묻혀 가며 맛있게 먹고 있었다.

탁자 위에는 그가 주먹밥을 싸 놓은 보자기가 펼쳐져 있었는데, 보자기 위로는 아무것도 남아 있지 않았다.

화무린은 설마 하는 심정으로 물었다.

“수미야 주먹밥은?”

모용수미가 대답 대신 손가락으로 자신의 배를 가리켰다.

“다섯 개를 전부 다?”

"응! 맛있어!"

눈을 반짝반짝 거리는데 화무린은 거기다가 대놓고 할 말이 없어졌다.

화무린은 고개를 절레절레 흔들었다.

식당에서 나온 화무린과 모용수미는 무림학관 내에 있는 뒷산으로 올라갔다. 저녁 시간을 기다리기 위함이었다. 숙소로 돌아가자니 답답해서 싫고, 학관 내를 구경하자니 사람들의 시선이 귀찮고, 마침 눈에 들어온 것이 자그마한 언덕이 있는 뒷산이었다.

별 기대하지 않고 그냥 간 것인데 나무가 우거지고 적당한 그늘도 있어 휴식을 취하기에는 안성맞춤이었다.

둘은 그늘 아래에 있는 의자에 앉았다. 발아래로 무림학관 내에 있는 풍경이 한눈에 들어왔다.

"이런 좋은 장소가 있는지 몰랐네? 앞으로는 종종 와야겠다."

발아래 오른쪽에는 제이수련관이 있었는데, 밀폐된 공간이 아닌 그저 바닥을 평평하게만 만들어 놓은 연무장의 형태로 되어 있었다. 그곳에는 수련생이 교관의 구령에 맞춰 초식을 전개하고 있었다.

그것은 소림의 대력장이라는 것이었는데, 일종의 내가

수법의 장법으로 소림의 칠십이절기 중의 하나였다. 대성을 하는데 시일이 오래 걸려서 그렇지 대성만 한다면 장법 하나만으로도 능히 일류무사가 될 수 있는 무공 중 하나였다.

화무린도 소림의 무공을 이렇게 가까이에서 보는 것은 처음인지라 그들이 하는 것을 자세히 관찰하였다. 거리가 조금 멀어서 잘 보이진 않았지만, 마음만 먹는다면 백 장 거리에 있는 물건도 확연히 볼 수 있는 화무린이라 그런 것쯤은 별문제가 되지 않았다.

"여기서 이렇게, 이렇게. 손바닥을 뒤집은 다음 연환퇴 수법으로 차올리고 몸을 회전."

화무린은 직접 몸을 움직여 가며 그 동작들을 따라 했다.

연결되는 동작 하나하나가 신묘한 묘리를 가지고 있어, 굳이 내공을 일으키지 않더라도 무궁무진한 쓰임새가 있을 것 같았다.

"역시 소림이군. 훌륭한 무공이야."

"아버지가 그랬어요. 대력장은 훌륭한 무공이지만, 여자들이 익히기에는 적합하지 않다고."

모용수미는 화무린이 뭘 하나 싶어 보고 있다가 대력장을 시전 하는 것을 보고 말했다.

"아버지가?"

모용수미의 아버지라 함은 모용세가의 현 가주로 있는 모용천이다. 모용세가는 검과 장법으로 알려진 무가인데, 현 가주인 모용천은 특히나 장법을 잘 쓰기로 이름난 고수였다. 아마도 그가 그런 말을 했다면 그 말이 맞을 것이다.

"네, 대력장은 장이지만 보법을 밟고 장을 내밀어야 그 위력이 제대로 나온다고 그랬어요. 그런데 그 보법이라는 게 투박하지만 몸의 체중을 많이 실어야 해서 하체의 힘이 많이 필요하다고 그랬어요."

"너도 대력장을 익혔니?"

모용수미가 고개를 좌우로 흔들었다.

"그거 익히면 다리가 굵어진다고 그랬어요. 그래서 전 안 익혔어요."

"흐음. 그래?"

그 말은 어느 정도 사실이었다.

소림의 무공은 화려하지도, 빠르지도, 패도적이지도 않다. 하지만 소림의 무공은 그 동작 하나하나에 중후함, 무거움이 담겨져 있었다.

그래서 소림의 무공은 근력과 하체의 힘을 많이 필요

로 하는 동작들이 대부분이었다. 하체를 많이 단련하게 되면 자연히 다리가 굵어지기 마련인데, 남자라면 상관이 없으나 외모에 조금이라도 관심이 있는 여자라면 자신의 다리가 굵어지는 것은 누구라도 싫어할 것이다.

소림에 여자 고수가 자주 등장하지 않는 것이 바로 그러한 이유에서였다.

"하하, 그 말이 맞소. 장법에 관심이 있다면 대력장보다는 본가의 천뢰장을 익히는 것이 나을 것이오. 대력장은 여자가 익히기에는 아무래도 힘든 무공이니까."

뒤쪽에서 일단의 무리가 나타났고, 그 중심에는 준수하게 생긴 청년이 걸어오고 있었다.

그들은 곧장 화무린과 모용수미가 있는 곳으로 다가왔다.

가운데 청년이 먼저 모용수미에게 아는 척을 해왔다.

"오랜만이구나. 잘 지냈니? 수미야."

"어? 오빠!"

"네가 입학한다는 소리는 들었다. 그렇지 않아도 찾고 있었는데 여기 있었구나."

"헤헷, 그랬어요?"

"그래 녀석. 이제는 제법 숙녀티가 나는구나. 말괄량이 때의 시절은 모두 잊어야겠어."

"치, 언제 적 이야기를 하고 계시는 거예요! 저도 이제 열다섯 살이나 됐다고요!"

모용수미와 담소를 나누는 것이 무척이나 가까워 보이는 사이 같았다.

얼굴은 제법 잘생긴 편이었고, 입고 있는 옷도 비단 재질로 만든 질 좋은 옷이다. 체격도 좋아 무공을 익히기에 적합한 신체였다. 천뢰장을 본가라고 말할 수 있는 곳은 남궁세가밖에 없는데, 현승이라면 남궁세가의 장자.

남궁현승밖에 없었다.

남궁현승은 떠오르는 후기지수로 요즘 무림에서 명성을 날리고 있는 삼룡사봉 중의 일인이었다.

똑똑하고, 처세술도 좋은데다가 무공 수위도 뛰어나 세인들은 삼룡사봉 중에서도 그를 가장 수위에 올려놓고 있었다.

그런 남궁현승이 화무린을 보고 포권을 했다.

"처음 뵙겠습니다. 남궁세가의 남궁현승이라고 합니다."

"전 화무린입니다."

원래 통성명을 할 때는 자신의 가문이나 지역, 무림 명이 있다면 무림맹을 붙이는 것이 관행처럼 이어져 오고 있었다. 상대의 출신을 미리 알아 행여 있을지도 모를 실수를 방지하고자 함인데, 그와 같은 관행은 배분이나 사문을 특히 많이 따지는 무림의 성격에서 비롯된 것이라 말할 수 있었다.

남궁현승은 뭔가 더 있을 것 같은 뒷말을 기다리다가 그것이 끝이라는 것을 알고, 얼른 말을 받았다. 이름만을 말하고자 함은 사문이 숨기고 싶을 정도로 비천하던가, 아니면 신분을 알리고 싶지 않음이 분명했다.

"하하, 화무린 소저였군요. 오늘 입관하셨나 봅니다."

"네."

"무림학관 구경을 다 하셨습니까?"

"어느 정도는요."

"하하, 사실 이곳은 볼 게 그리 많지는 않습니다. 소저께서 구경할 만한 곳을 추천해 드린다면 남쪽에 있는 천향각에 가 보십시오. 그곳에 심어진 연꽃이 만개하여 소저가 보시기에는 제법 볼만할 겁니다. 원하시면 제가 안내도 해드리겠습니다."

화무린은 시원시원한 성격의 남궁현승이 제법 마음에 들었다.

사람이 야비해 보이지도 않고, 성격도 좋아 보였다. 무림의 후기지수 중의 한 명으로 오대세가 중 하나인 남궁세가 출신에 삼룡이라는 별호까지 얻고 있다면 다소 자만심이나 허영심에 빠질 수가 있는데 이 청년은 그러한 것과는 거리가 멀어 보였다.

마음 씀씀이도 저만하면 괜찮은 것 같고.

그렇지 않아도 무림학관 내에서 지내면서 여러모로 자신에게 도움을 줄 조력자를 찾고 있었는데 그런 점에서 보자면 남궁현승이 제격이었다.

뎅뎅뎅—!

무림학관 내에 있는 사람들이 모두 들을 수 있을 만큼의 큰 소리가 들려왔다.

유시를 알리는 종소리였다.

화무린은 허기진 배를 움켜잡으며 말했다.

"그런 것이라면 제가 먼저 청하고 싶군요. 하지만 오늘은 허기를 달래는 것이 먼저니 다음에 가도록 하죠."

남궁현승이 물었다.

"식당에 가십니까?"

"네."

"마침 저희도 가려던 참이었습니다. 괜찮으시면 같이 동행하도록 하죠."

생각지도 못한 제의였다. 아니 애초에 남궁현승을 만날

것이라고 예상도 못했으니 생각하지 못한 게 당연했다.

모용수미를 쳐다봤다.

그녀는 좋다는 의사 표현으로 고개를 끄덕이고 있었다.

화무린도 뭐, 이들과 사귀어서 나쁠 건 없다고 생각했다.

"네, 저희는 괜찮습니다. 그러도록 하죠."

"야호!!"

"아싸!!!"

그 말이 끝나기가 무섭게 남궁현승과 같이 온 일행들 사이로 환호성이 들려왔다.

매일같이 냄새나는 남자들 사이에서 고된 훈련만 받다가 풋풋한 신입생 소저들과의 저녁 식사라니. 그들이 좋아하는 것도 무리는 아니었다.

무림학관 내에 여자들이 있다고는 하나, 그 수가 남자에 비해 월등히 적었고, 대개는 가문에서 금지옥엽 키운 딸들인지라 대가 세도 보통 센 것이 아니었다. 그중에서도 집 안끼리의 정략결혼이다 뭐다해서 바라만 볼 수밖에 없는 여인이 절반. 사정이 이렇다 보니 무림학관 내의 남자 학생들은 이래저래 여자에 굶주려 있었다.

여자의 분내만 맡아도 좋아서 환장하는 그들에게 아리따운 소저들과의 저녁 식사라니!

"이게 얼마 만이냐? 안 그래?"

"인마, 말 시키지 마라. 침 튀기니까."

그들은 한결같이 입이 입가에 걸린 채 좋아서 서로 어깨를 툭툭 치며 난리였다.

남궁현승을 선두로 그들은 식당으로 발걸음을 옮겼다.

그런데 화무린은 정작 중요한 사실을 알지 못했다.

남궁현승이 의외로 무림학관 내에서 여자들에게 인기가 좋다는 것.

그리고 여자들의 질투는 의외로 무서웠다.

제3장

여자의 질투는 무죄

남궁현승의 일행들은 식당 안으로 들어오더니 계단을 통해 곧장 이층으로 올라갔다. 이층에 올라가자 일층과는 다르게 한적하기 그지없었다.

일층과는 달리 곳곳에 고풍스러운 장식과 그림이 걸려 있었고, 탁자의 수도 몇 개 되지 않았다. 산만해 보이는 일층과는 다르게 조용하고, 쾌적한 분위기였다.

일층의 모습과는 대조적으로 달라도 너무 다른 모습이었다.

그 모습을 보고 화무린은 대번에 감을 잡았다.

'이곳에서도 특권 의식은 존재하는 건가?'

화무린이 궁금하게 생각하고 있는 걸 무리 중 한 명이 말해 줬다.

"원래 이곳은 무림학관에 방문하는 귀빈들이나 교관님들의 식사를 담당하는 곳이었으나, 식당 하나가 본관 옆에 별도로 운영되고 있는 탓에 지금은 어쩌다 보니 저희들이 쓰고 있습니다. 이곳은 주로 무림학관의 운영에 직접적으로 도움을 주고 있는 가문들이 공동으로 쓰고 있습니다. 주방은 각 문파에서 보낸 주방장들로만 구성되어 있으며, 최고급 재료만을 이용하여 음식을 만듭니다. 모두 실력이 있는 주방장들인지라 어지간한 객잔의 음식보다는 맛있는 편입니다."

"흠. 그런가요?"

화무린은 겉으로는 담담하게 말했지만 입가는 씰룩거리고 있었다. 웃음을 억지로 참고 있는 것이다.

이건 생각지도 못한 횡재였다.

그녀는 은근히 미식가였다. 청부를 받아 전국 방방 곳곳을 떠돌 때 유일하게 그녀를 지탱해 주었던 것은 바로 각 지역에서만 나온다는 산해진미들이었다.

힘들게 청부 일을 끝내고 오향장육에 청엽주를 한잔 곁들여 먹을 때의 그 기분이란!

아, 침 넘어 간다.

"아, 그러고 보니 제 소개가 늦었습니다. 저는 서문세가의 서문휘입니다."

그에 뒤질세라 다른 이들도 저마다 자기소개를 했다.

"저는 독고세가의 독고진입니다."

"종남파의 풍일이라고 합니다."

화무린은 일일이 포권을 하며 소개를 받았다.

그사이 주방장이 음식을 날라 오고 있었다. 오향장육에 버섯잡채, 오리요리, 동파육, 몇 가지 채소를 볶은 것이 줄줄 탁자 위에 놓아지고 있었다. 순식간에 음식 냄새가 가득 퍼지자 화무린은 참을 수 없을 만큼의 허기가 몰려왔다.

다 맛있어 보이지만 화무린은 그중에서 가장 큰 접시에 놓여 있는 오향장육에 눈이 돌아갔다.

남궁현승이 웃으면서 말했다.

"오늘은 음식이 괜찮군요. 혹시 오향장육을 좋아하십니까?"

화무린의 입에서 반사적으로 벌어졌다.

"그럼요! 아주 환장해요! 거기에다가 죽엽청 한 잔을 곁들이면… 아흑! 끝내줄 텐데요!"

"네, 네?"

그 격의 없는 말에 일행들은 모두 눈이 동그래졌다.

화무린같이 아리따운 소저의 입에서 나온 소리라고는 도저히 믿기 힘든 말이었다.

하지만 그들은 오히려 그런 화무린의 모습이 더욱 마음에 드는 눈치였다.

독고진이 너스레를 떨며 말했다.

"하하, 그렇기는 합니다. 하지만 무림학관 내에서는 술을 마실 수가 없습니다. 안타깝군요. 나중에 기회가 주어진다면 언제 한번 저희가 밖에서 모시겠습니다."

화무린은 주위 반응에는 아랑곳하지 않았다. 눈에는 이미 아무것도 보이지 않았다. 그녀의 관심사는 오로지 눈앞에 놓인 오향장육밖에 없었다.

"이곳 주방장은 오향장육을 제일 맛있게 잘한답니다. 어서 드셔 보시지요."

남궁현승이 흐트러진 표정을 수습하며 말했다.

"그럼 잘 먹겠습니다."

화무린이 행복한 표정으로 막 오향장육 한 점을 집어 먹으려고 할 때였다.

등 뒤로 서늘한 기운이 풍기더니 웬 여자가 나타났다.

그녀는 다짜고짜 화무린을 손가락질하더니 표독스럽게 외쳤다.

"야, 너 모야?! 그 자리에서 안 비켜?"

…썅, 먹을 땐 개도 안 건드린다는데.

화무린의 미간이 갈지자로 변했다.

화무린의 옆에 앉아 있던 풍일이 장내에 새롭게 나타난 그녀를 보고는 화무린에게만 들릴까 말까 한 소리로 소곤거렸다.

"저 소저는 사천당문의 당문화입니다. 이번에 학관에 신입생으로 들어왔습니다."

"당문화?"

화무린의 시선이 당문화로 향했다.

당문화라면 바로 자신이 호위를 해야 할 인물 아니던가? 그렇지 않아도 밥을 먹고 나서 당문화를 슬슬 찾아볼 작정이었는데, 고맙게도 눈앞에 나타나 주었으니 해야 할 수고를 덜어 낸 셈이다.

"남궁현승 저 친구를 어렸을 때부터 좋아했는데, 현승이 저 친구가 다른 여자와 같이 있는 것만 봐도 질투를 할 만큼 질투심이 대단합니다."

오호, 그런 사실이 있었던가?

이것은 뜻밖의 수확이었다.

화무린은 당문화를 꼼꼼히 살펴보았다.

예쁘게 생기기는 했지만 사나워 보이고, 눈꼬리가 올라간 것이 성격도 나빠 보였다. 원래대로라면 느긋이 시일을 두고 당문화에 관한 세부 조사를 했었겠지만, 일이 너무 급작스럽게 이루어진 일이라 그럴 만한 여유가 없었다.

"성격은 어때요?"

"음, 글쎄요. 생각한 것이 얼굴에 바로 나타납니다. 그래서 상대하기는 편하지만 화가 났을 때는 누구도 말리지 못할 만큼 저돌적입니다. 지금처럼요."

"그래요?"

"사실 이번에 학관에 입학한 것도 저 친구를 쫓아온 것이라는 소문이 있습니다."

"흐음."

결국은 남자에 목맨 당문의 말괄량이라는 뜻.

사랑에 목맨 여자를 상대하는 것만큼 귀찮고, 어리석은 일은 없다. 상대하다 보면은 결국 결론도 없고, 남는 것도 없다. 오죽하면 사랑에 빠진 여자는 지 애미, 애비도 몰라본다는 말이 있겠는가?

화무린은 자칫 중간에서 귀찮은 일에 휘말리지 않을까 염려되었지만, 아직 생기지도 않은 문제이니 굳이 걱정할 필요는 없다고 여겼다.

의뢰자가 당문화 본인도 모르게 호위를 해달라고 했으니, 굳이 아는 척을 할 필요도 없을 것 같고.

오히려 이 자리를 통해 자연스럽게 당문화와 안면을 트게 되었으니, 일거양득인 셈이었다.

하지만 그것은 화무린의 생각일 뿐.

당문화의 눈에 비친 화무린은 반반한 얼굴로 남자들이나 홀리는 여우같아 보인다. 자연 좋은 감정이 생길 수가 없다.

그게 아니라면 어떻게 저 무리 속에서 끼어 버젓이 식사를 할 수 있겠는가?

화무린이 무시하고 음식을 집으려고 하는데, 당문화가 화난 목소리로 화무린이 집고 있는 젓가락을 낚아채 가려고 손을 뻗었다.

"어쭈, 감히 내 말을 무시해?!"

당문화의 손이 화무린의 젓가락을 잡으려는 순간, 무형의 기운이 일어나더니 당문화의 손을 비껴 냈다. 당문화는 볼썽사납게 허공을 움켜쥐었고, 화무린의 젓가락은 보란 듯이 고기를 한 점 집더니 이내 입에 쏙 들어갔다.

오물오물.

"이, 이년이!"

당문화는 끓어오르는 화를 참을 수 없는 듯 이번에는 오른손의 맥문을 노리며 날아들었다.

그 모습을 보고 화무린은 속으로 생각했다.

'거참, 성질 머리 한번 더럽구만. 이런 녀석을 앞으로 쫓아다니려면 나도 꽤나 고생해야겠는데?'

화무린은 앉은 채로 날아 들어오는 그녀의 손을 왼손으로 찰싹하고 때렸다.

경쾌한 소리와 함께 그녀가 손을 감싸 쥐고 뒤로 물러섰다.

손이 금방 벌겋게 부어올랐다. 그녀의 얼굴에는 부끄러움과 놀라움, 수치심의 감정 등이 한꺼번에 떠올라 있었다.

처음에는 당문화를 말려야 하는 게 아닌가 우려 섞인 표정으로 주시하고 있던 이들도 놀란 표정으로 그녀를 다시 보고 있었다.

그녀는 자신이 단단히 창피를 당했다고 생각했는지 아예 내공까지 끌어올리며 표독스럽게 외쳤다.

"오냐, 숨겨 놓은 재주가 있다 이거지? 어디 이것도 받아 낼 수 있는지 보겠다!"

당문화가 내공을 끌어올리고 장법을 뿌리자 손바닥에서 거대한 기가 응축되어 화무린에게로 날아갔다.

비록 삼성에 해당하는 내공이기는 했지만, 그녀가 뿌린 장법은 당문에서만 전해져 오는 적련신장으로 극성에 달하면 손이 불그스름하게 변화하게 되는데, 당문화의 성취는 아직 오, 육성 정도밖에 되지 않아 눈에 띄게 붉은 색이진 않았다.

하지만 그녀의 나이를 감안했을 때 오, 육성의 적련신장은 대단하다고 말할 수 있는 성취였다.

"어, 어?!"

느닷없는 당문화의 공격에 옆에 앉아 있던 일행들은 너무한다 싶어서 초조한 심정으로 지켜보다가 화들짝 놀라고 말았다.

설마 당문화가 내공을 사용하여 공격할 줄은 몰랐던 것이다. 하지만 만류하기는 이미 늦어 보였다.

그 때 화무린의 왼손이 쓰윽 올라가더니 그대로 날아드는 장에 손바닥을 뒤집으며 앞으로 밀어냈다. 마치 준비라도 해 놓은 듯 물 흐르듯 자연스러운 동작이었다.

쾅!

화무린이 내민 장과 당문화의 적련신장이 허공에서 마주치더니 쾅 소리와 함께 그대로 허공에서 흩어졌다.

"이, 이년이!"

설마 자신의 장법이 무위로 돌아갈 줄 몰랐던 당문화는 당황한 기색이 역력했다. 더군다나 볼썽사납게 구르고 있어야 할 화무린이 오히려 자신을 깔보는 듯한 얼굴로 쳐다보고 있는 것이 아니겠는가?

그녀의 귓가로 들릴까 말까 한 소리가 들려왔다.

육성이 아닌 전음으로 들려오는 소리였다.

—네가 당문화만 아니었으면 지금쯤이면 몇 대 얻어맞고 땅바닥을 구르고 있어야 할 거다. 그러니 이쯤해서 그만하자. 그리고 자꾸 이년 이년 거리지 마라. 이년아! 내가 너보다 나이가 많으니까!

당문화는 전음을 보낸 이가 누군가하고 두리번거리다가 화무린을 쳐다봤다.

그리고는 화무린의 입꼬리가 쓰윽 말려 올라가는 것을 확인했다.

저년이었다! 전음을 보낸 년이!

화무린 딴에는 생각해서 보낸 전음이었지만, 당하는

입장에서 보자면 고까웠나 보다.

"죽어라!!!!"

당문화는 자신이 농락당했다고 생각하며 끓어오르는 화를 참지 못하는지 내공을 끌어올리며 소매를 떨쳤다.

그녀가 늘 호신용으로 가지고 다니던 폭우이화침 열 개가 화무린을 향해 쏘아져 갔다.

당문화의 암기술은 제법 숙달된 경지에 이르러, 그녀가 떨쳐 보낸 암기는 빛살과도 같은 빠르기였다.

슈슈슈슉—!

폭우이화침은 사천당문에서 특별히 제조한 극독에 침 끝을 백 일 동안 담금질하여 만든 것으로, 사천당문의 제자들이 호신용으로 가지고 다니는 암기의 일종이었다.

암기에 맞은 즉시 해독을 하면 문제가 없으나, 해독을 하지 못한다면 코끼리도 일각 안에 죽일 수 있을 정도로 무서운 살상력을 가진 암기였다.

그것을 보고 일행들이 기겁을 했다.

"피, 피하시오!"

당문화가 못 말리는 말썽꾸러기기는하나 이 정도로 대책이 없을 줄은 몰랐다. 더는 보지 못하겠는지 눈을 질끈 감는 이도 있었다.

암기가 화무린의 몸에 닿으려는 순간 그녀의 손에 무형의 기운이 일어나더니 부드럽게 원을 그리기 시작했다. 그러자 암기들은 거짓말처럼 원을 그리고 있는 그녀의 손에 빨려 들어가더니 흔적도 없이 사라지고 말았다.

폭우이화침은 고스란히 화무린에 의해 회수되었다.

다행히 인명 피해가 없음을 확인하고 일행들은 안도의 한숨을 내쉬었다.

"휴, 소저 괜찮소?"

남궁현승이 가장 먼저 그녀에게 다가갔고, 그녀에게 호감을 품고 있던 풍일과 독고진이 그녀의 곁으로 다가가 다친 곳이 있나 살폈다.

그 모습이 또 꼴 보기 싫었는지 당문화가 내공을 잔뜩 끌어올린 채 외쳤다.

"이년이! 어디 끝까지 해 보자!"

다시 한 번 출수를 하려던 그녀 앞을 남궁현승이 막아섰다.

그는 자신으로 인해 이런 소동이 벌어진 것 같아서 화가 잔뜩 나 있는 상태였다. 만일 화무린이 조금이라도 다치기라도 했으면 아마 자책감으로 인해 얼굴을 들고 다니지 못했을 것이다.

"당문화! 그만하지 못하겠느냐!!!"

"오빠!"

남궁현승의 호통에 당문화가 끌어올린 내공은 봄기운에 눈 녹듯 삽시간에 사라졌다. 그녀는 태어나서 그가 이렇게 화를 내는 모습을 처음 봤다. 가끔씩 짓궂은 장난을 쳐도 항상 너그러운 웃음으로 야단치던 오빠였다. 이렇게 정색을 하며 차가운 눈빛으로 자신을 보는 남궁현승은 마치 자신이 알고 지낸 오빠가 아닌 것 같았다.

"너를 그동안 귀엽게 봐준 것은 네가 무림인으로서 어느 정도의 자각심이 있다고 생각되어 내버려 둔 것이다. 하지만 오늘 보니 내 생각이 틀린 듯싶구나. 무방비인 상대에게 살수를 쓰다니!!! 네가 이렇게까지 안하무인인 줄은 몰랐다."

"오, 오빠!"

남궁현승은 신파극을 구경하고 있던 화무린에게 허리를 숙여 사과의 말을 건넸다.

"미안합니다. 이 일은 제가 남궁현승의 이름으로 대신 사과드리겠습니다. 애가 아직 철이 없습니다."

무기도 없고, 무방비인 상대에게 살수를 썼다고 함은 결코 가볍게 넘어갈 일이 아니었다. 더군다나 그들은 정의와 의협의 기치를 내걸고 있는 정파인들이 아니던가?

만일 이 문제를 화무린이 걸고넘어진다면 당문화은 물론이요, 사천당가까지 크게 욕을 먹을 일이었다.

또한 이 자리에 함께 있었던 일행들 또한 가문의 어른들에게 내려오는 추궁을 면치 못할 것이 분명했다.

남궁현승은 조마조마한 심정으로 화무린의 대답을 기다렸다.

만일 그녀가 이 문제를 책잡고 들자면 꽤 일이 커질 수 있을 문제였다.

물론, 화무린은 그럴 생각이 추호도 없었지만, 그녀의 속마음을 그들이 어찌 알겠는가?

'호오, 이거 봐라?'

화무린은 남궁현승을 물끄러미 바라보고 있었다.

다른 이도 아니고 남궁세가의 장자인 남궁현승이 자신의 이름을 걸고 사과를 한다는 것은 대단한 의미였다.

신세를 지면 꼭 되갚는 것이 무림인의 철칙. 남궁세가의 후계자로 알려진 남궁현승이 자신의 이름을 걸었다는 것은 꼭 자신의 이름에 걸맞게 신세를 갚겠다는 뜻이었다.

삼룡 중의 일인인 남궁현승의 명성은 그리 낮지가 않

다는 것을 감안했을 때, 이것은 대단한 수확이었다.

화무린이 남모르게 쾌재를 질렀다.

'생각지도 못한 월척!'

그녀가 천연덕스럽게 말했다.

"애가 크다 보면 그럴 수도 있죠. 다친 데도 없으니 저는 괜찮습니다."

그 말을 들은 남궁현승은 물론 일행들도 얼굴색이 환해졌다.

화무린의 너그러운 마음 씀씀이에 감동을 받고 눈물을 흘리는 이도 있었다.

풍일이 화무린의 손을 덥석 잡았다.

"화 소저! 얼굴만 아름다우신 줄 알았는데, 무공도 고강하고, 더군다나 마음 씀씀이까지 이렇듯 훌륭하시니 인세에 마치 선녀가 강림한 듯합니다."

남자가 남자에게 손을 잡히니 기분이 썩 좋지만은 않았다.

하지만 분위기를 깨기도 조금 그런지라 화무린이 슬그머니 손을 빼며 바짓가랑이에 쓱쓱 닦으며 대답했다.

"별말씀을요."

"아닙니다. 오늘을 기점으로 무림사는 다시 쓰여야 합

니다. 이제 중원은 무림이대미녀가 아닌 무림삼대미녀가 존재하고 있다는 것을 알아야 합니다!"

풍일이 손을 불끈 쥐며 홍보대사를 자처하기라도 할 작정이다.

이… 이 사람이! 너무 앞서간다. 어차피 화무린이라는 존재는 곧 사라질 존재.

알려져 봤자 자신에게 좋을 것이 하나도 없다.

화무린이 손사래를 치며 말했다.

"저는 조용한 것이 좋습니다. 지금도 가끔 사람들의 시선이 부담스러워 몸 둘 바를 모를 때가 많습니다. 공자께서는 설마 저를 구경거리로 만드실 속셈은 아니시겠지요?"

그 말을 들은 풍일이 자신의 생각이 짧았다고 생각됐는지 인정하며 고개를 숙이며 대답했다.

"제 생각이 짧았습니다. 절대 그러지 않겠습니다."

"이해해 주시니 감사합니다."

둘의 대화가 그렇게 마무리되자 이번에는 남궁현승이 입을 열었다.

"조그마한 사과의 뜻으로 앞으로 소저의 식사는 저희들 쪽에서 책임지도록 하겠습니다. 주방장에게 이야기해

놓을 테니 소저도 앞으로는 이곳에서 식사를 하시면 됩니다. 혹시 저희들이 없더라도 불편함 없게 식사하실 수 있도록 조치해 놓겠습니다. 설마 저희들의 호의를 거절하시지는 않겠지요?"

주는 호의를 마다할 그녀가 아니었다.

당문화 덕분에 뜻하지 않은 횡재의 연속이었다. 화무린은 그녀에게 뽀뽀라도 해주고 싶은 심정이었다.

하지만 그런 속내를 내비치는 것은 하수나 하는 짓!

화무린은 못이기는 척 그의 제안을 승낙했다.

"고맙게 받겠습니다. 신경 써 주셔서 감사합니다."

"저, 저 여우 짓 하는 것 좀 봐봐! 어휴, 속 터져!"

당문화가 그런 화무린을 보고 소리쳤다.

"너는 입이 열 개라도 할 말이 없다. 그러니 조용해라!"

남궁현승이 냉랭한 목소리로 당문화를 꾸짖었다.

"너한테 적잖아 실망했다. 소저에게 정식으로 사죄를 드리고 앞으로 다시는 이런 일이 없어야 할 것이다."

"하, 하지만 저년이 먼저!"

"어허! 이제는 내 말도 듣지 않는 것이냐?!"

당문화가 억울하다는 듯이 화무린을 쏘아보자 또다시

전음이 들려왔다.

—이년아, 눈에 힘 빼고 오빠 말 들어라. 오빠 실망할라.

저 요사스러운 년 입에서 키득키득 거리는 소리가 들려오는 것 같았다.

당문화의 눈에서 불똥이 튀었다.

"이, 이… 이……!"

너무 분하고 억울해서 눈물까지 나왔다. 저 요사스러운 게 어떻게 오빠를 홀렸는지 모르겠지만, 오빠가 자신보다는 저년을 소중히 여기는 것 같아서 너무 속상했다.

"어허, 어서!!!"

당문화는 입술을 질끈 물고, 분해서 부들거리는 입술로 한자 한자 간신히 떼어 놓았다. 그녀는 다른 것은 다 견딜 수 있어도 남궁현승의 미움을 받는 것만큼은 견딜 수가 없었다.

"죄… 송… 합… 니… 다."

쯧쯧, 그놈의 사랑이 뭐라고 저렇게 자존심까지 굽히는지 이해가 가지 않았다. 뭐, 그것은 둘의 문제니까 놔두기로 하고, 화무린은 잠시 뜸을 들이고는 말을 받았다. 그녀의 얼굴에는 언제 그랬냐는 듯 화사한 웃음까지 띠고 있었다.

"그럴 수도 있지 동생. 오늘 일은 없었던 걸로 하고 우리 사이좋게 지내보자. 아참, 내가 한 살 더 많으니까 말 놔도 되지?"

당문화는 대답도 하지 않았는데 옆에 있던 이들이 거들었다.

자신에게 살수를 쓴 상대를 용서해 주는 것은 여자는 물론, 남자라도 쉽게 할 수 없는 일이었다. 더군다나 상대가 어려워할까 봐 미소까지 띠우며 용서해 주는 배려심이란 보는 이로 하여금 크게 감복할 수밖에 없는 상황을 만들었다.

보는 이까지 훈훈해지는 장면이었다.

"하하, 그러면 되겠군요. 화문이는 앞으로 언니를 각별하게 모셔야 할 것이다."

"화문이는 좋겠네. 저런 좋은 언니가 생겨서."

어이가 없고, 기가 막혔지만 당문화는 딱히 할 말이 없었다.

그녀의 귓가로 또다시 얄미운 전음이 들려왔다.

—잘해 보자. 킥킥!

"아우씨, 화나!"

당문화는 식당에서 빠져나와 숙소로 돌아가고 있었다.

"어떻게 오빠들이 나한테 그럴 수가 있지. 그것도 그깟 계집애 때문에?"

"응? 지금 내 얘기하는 거야?"

당문화는 등 뒤에서 들려오는 소리에 깜짝 놀라 몸을 돌렸다. 분명히 조금 전까지만 해도 아무도 없었는데 등 뒤에는 어느새 그 재수 없는 년이 방실방실 거리며 따라오고 있었다. 당문화는 열불이 끓어올랐다.

화무린이 놀리듯이 말했다.

"이봐 동생. 동생은 화 삭히는 법부터 배워야겠어. 명색이 무림인인데 그렇게 다혈질이여서 어디 장수할 수 있겠어?"

"흥, 내 걱정 말고 너나 잘해. 그리고 내가 왜 니 동생이야?"

"조금 전에 그러기로 한 거 아니였어?"

"미쳤냐? 내가 너 같은 것을 언니로 삼게?"

"남궁 소협한테 이른다?"

"흥, 그깟 협박?! 네가 우리 오빠에게 무슨 짓을 했는지는 모르겠지만 우리 오빠가 언제까지 네 농간에 놀아날 것 같아? 어림도 없는 소리지! 이 불여우 같은 년아!"

당문화는 주위를 둘러보다 근처에 아무도 없음을 확인하고 내공을 끌어올렸다. 식당 안에서야 이목이 신경 쓰여 제대로 실력 발휘를 못했지만, 지금이라면 저 불여우 같은 년을 혼쭐내 줄 수 있을 것 같았다.

"흥, 아까는 무슨 우연으로 살아남았는지 모르겠지만. 두 번의 요행은 바라지 마라!"

사실 그것은 화무린이 노린 것이었다.

당문화의 기가 보통 센 것이 아니었기에, 그 기를 꺾어 줄 요량으로 쫓아온 것이다. 앞으로는 그녀와 마주칠 일이 많을 텐데, 그럴 때마다 피곤하게 신경전을 벌일 수는 없는 노릇 아니겠는가?

이참에 확실히 누가 우위인지를 보여 줄 속셈이었다.

"받아라!"

당문화는 처음부터 전력을 다해 장법을 뿌려 댔다.

조금 전에 펼쳤던 적련신장이었다. 그녀의 손에서부터 떠난 기운이 화무린의 전신요혈을 향해 거침없이 질주했다.

당문화는 이제 피떡이 되어 바닥에 나뒹굴 그녀의 모습을 상상하며 작은 쾌감에 몸을 떨었다. 그러나 그녀의 바람과는 달리 화무린은 한 발자국도 움직이지 않은 채 손만 내밀어서 그녀의 장법을 무마시켰다.

"이, 이게 무슨!"

그녀는 말도 안 되는 이 상황을 애써 외면하며, 공중에 몸을 띄워 화무린에게 연환퇴의 수법으로 각법을 뿌려 댔다.

그녀가 가장 자신 있어 하는 태허마령각(颱噓魔靈脚)이었다. 순간 열다섯 개의 발자국이 허공에 뿌려지며 화무린을 압박했다.

"호오, 제법?"

화무린이 신형을 움직이며 보법을 밟았다. 그녀는 약을 올리기라도 작정했는지 꼭 한 푼의 차이로만 발차기를 피해 냈다.

움직임이 어찌나 빠르던지 그녀의 신형은 마치 열다섯 개로 늘어난 듯한 착각을 불러일으켰다.

각법을 완전히 피해 낸 그녀가 신형을 바로 세우며 히죽거렸다.

"또 보여 줄 거 남았어?"

"으드득, 이것도 피해 봐라!"

그녀는 몸에 지니고 있는 암기를 닥치는 대로 잡아 던

졌다. 수십 개에 해당하는 암기가 하늘에 수놓으며 소리도 없이 화무린에게 쏘아져 갔다.

그 때 화무린의 양손이 서로 교차하는가 싶더니 이내 큰 원을 만들었다.

손에서 발생된 무형의 기운이 암기를 끌어당기더니 이내 암기들이 화무린의 바닥 아래로 우수수 떨어졌다.

조금 전에 식당 안에서 보여 준 그 수법이었다.

당문화는 자신의 공격이 모조리 무위로 돌아간 것을 알자 허무감이 밀려드는 동시에 분통함을 참을 수가 없었다.

그토록 자부심을 느껴 왔던 무공들이 전혀 통하지가 않자 왠지 자신이 초라하고 보잘것없이 느껴졌다.

무력감에 온몸이 물먹은 솜처럼 축 늘어졌다. 자신이 알고 있는 그 어떤 무공을 쓰더라도 저 앞에 불여우를 어찌할 수 없을 것 같았다.

그것은 여지껏 한 번도 경험해 보지 못한 일이었다.

화가 났고, 분했지만 무엇을 해 보고자 하는 의욕이 생기지 않았다.

사천당문의 금지옥엽으로 무엇 하나 모자람 없이 자란 그녀였기에 이러한 생소한 경험이 더욱 크게 다가왔는지도 모른다.

또르르륵.

한 방울 눈물이 눈가에서 맺히더니 아래로 떨어졌다.

그녀는 다리에 힘이 풀려 그대로 바닥 위로 주저앉았다.

그녀의 귓가로 화무린의 목소리가 들려왔다.

"계집아! 그깟 일로 우는 거냐? 무림에서 생활하다 보면 너보다 강한 고수는 백사장에 모래알처럼 즐비할 테니. 네 실력을 정확히 파악하고, 그것을 갈고닦는 것을 게을리하지 않는다면 너도 훌륭한 무인이 될 수 있음을 알아야 할 것이야. 너는 너보다 강한 상대를 만날 때마다 지금처럼 질질 짜고만 있을 거냐?!"

억울하고 분하지만 할 말이 없다.

워낙 실력의 차이가 분명하니 대꾸하고자 할 말도 마땅하니 생각나지 않았다.

그런데 이상한 점은 저 불여우 같은 년에게 이런 충고나 듣고 있는데, 점점 격정 된 감정이 추슬러지고, 안정이 되고 있다는 점이었다.

그것은 참으로 신기한 경험이었다.

"그리고 아까부터 말하려고 했지만 나는 터럭만큼도

남궁현승에겐 관심이 없다. 난 얼굴 희고, 기생오라비 같은 놈은 딱 질색이고."

그 말을 듣는 순간, 당문화는 마음 한구석에서 진탕되어 오고 있는 감정이 안도감이라는 것을 깨달았고, 눈앞에 있는 저 불여우에 대한 적대감이 눈 녹듯 사라지는 것을 느꼈다.

순간 그녀의 머릿속에 의문이 들었다.

처음 마주한 그녀가 무엇이 못마땅하여 자신이 그렇게 적대했을까?

이유는 단 한 가지였다.

자신과 비교하여도 전혀 뒤처지지 않는 외모를 가진, 아니 오히려 자신보다도 더욱 예뻐 보이는 화무린에게 행여 남궁현승이 호감을 갖지 않을까 하는 불안감 때문이었는지 모른다.

자격지심 때문에 자신이 그러한 행동을 했다고 생각하니 이제야 부끄러운 마음에 얼굴이 새빨개졌다.

복잡한 여자의 마음을 일목정연하게 정리한다는 것은 애초에 말도 안 되는 일! 세상에서 가장 헤아리기 어렵고, 예측하기 어렵다는 것이 여심이 아니던가?

하지만 머릿속으로 정리된 자신의 감정을 표현하고 싶

은 마음은 터럭만큼도 없었다.

누가 뭐래도 자신은 사천당문의 당문화가 아니던가?!

당문화가 소리를 빽 하니 질렀다.

"우리 오빠는 기생오라비가 아니야!"

그 모습이 우스꽝스럽기도 하고 한편으로 귀여워 보이기도 하여, 화무린이 피식 웃으며 대꾸했다.

"그래? 내가 보기에는 딱이던데?"

화무린이 다가와 그녀를 일으켜 세워 주려고 손을 뻗자 당문화가 뾰족하게 외쳤다.

"흥! 됐거든?"

말은 그렇게 했지만 그녀를 바라보는 눈초리나 목소리는 한결 부드러워졌다. 더군다나 입버릇처럼 말하던 '년' 자도 안 붙이고.

당문화는 엉덩이를 몇 번 털고는 일어났다.

제4장

삼백이호의 인연들!

우연이 두 번 겹치면 인연이요, 세 번 겹치면 필연이라고 했던가?

숙소로 돌아와서 마음을 안정시키고 있던 당문화는 자신의 방으로 들어오는 화무린을 보고 경악을 금치 못했다. 경악이라기보다는 경기에 가까웠는데, 자라 보고 놀란 가슴 솥뚜껑 보고 놀란다고, 당문화가 딱 그 짝이었다.

놀라기는 화무린 또한 마찬가지였다.

"너, 너가 여기 왜 들어와?"

"그건 내가 할 소린데. 네가 왜 여기 와 있어?"

"여긴 내 숙소라고!"

화무린은 방문 밖에 붙어 있는 숫자를 확인하고 말했다. 분명히 삼백이호라고 적혀 있었다.

"삼백이호. 내 방 맞는데?"

그렇다면 두 사람이 이곳에 있는 이유는 하나다.

"설마 같은 방인가?"

화무린이 히죽거리며 말했다.

"말도 안 돼!"

당문화는 이 모든 게 거짓말 같았다. 자기가 뭘 그렇게 죽을죄를 지었기에 현실은 왜 자꾸 자신을 배신한단 말인가?

지금 기분으로는 도저히 그녀와 같은 방을 사용할 수가 없었다. 하루 이틀도 아니고, 한번 배정된 방은 최소한 몇 달 동안은 바뀌지 않을 것인데. 그 오랜 기간을 저 여우와 어찌 같이 지낸단 말인가?

처음보다는 화무린에 대한 적대감이 많이 사라졌지만, 그렇다고 하더라도 사람의 감정이 하루 이틀도 아니고, 한 시진도 안 되서 완전히 바뀔 수는 없는 노릇이었다.

"방 배정을 다시 해달라고 해야겠네. 뭔가 착오가 생

긴 것이 분명해!"

"과연 그럴 수 있을까? 내가 알기로는 한번 배정받은 방은 바꿀 수 없다는 규정이 있던데?"

"흥! 처음 듣는 소린데?"

"이거 못 봤어? 여기에 적혀 있던데?"

화무린이 두꺼운 종이를 들고 좌우로 흔들었다.

그것은 처음 입학할 때 받은 규정문이었다. 그곳에는 학생들이 무림학관 내에서 지켜야 할 규칙이 적혀져 있었는데, 가운데쯤에 화무린의 말처럼 분명히 그러한 규칙이 존재했다. 다만, 당문화가 몰랐던 것은 그녀가 규칙문을 보지 못했을 뿐이었다.

하지만 당문화는 인정하지 못했다.

아니, 인정하기 싫었다.

"흥! 나 사천당문의 당문화야. 우리가 해마다 무림학관에 기부하는 돈과 약초가 얼마인지나 알아? 이런 것도 하나 못 바꿔 줘?"

"어디 한 번 해 보시던가."

"하라면 내가 못할 줄 알고?!"

당문화가 눈에 쌍심지를 켜고 대꾸했다. 무공은 자신이 낮다고 하지만 말싸움에서까지 지고 싶지는 않았다.

그래도 사천당문이라고 하면 무림에서는 알아주는 뒷배가 아니던가? 그녀는 자신의 가문을 이용해서라도 그녀의 앞에서 으스대고 싶었다.

"그런데 말이야……."

화무린이 허리춤에 양손을 척하니 올리며 나지막이 말한다.

"근데, 이게 아까부터 자꾸 까분다? 이건 경고야. 봐주는 것도 이제 한계야. 더 이상 까불면 가만두지 않을 거야."

으르렁거리는 말에 당문화가 움찔거렸다.

하지만 언제 그랬냐는 듯이 오히려 언성을 높였다.

"뭐, 뭐! 설마 그 잘난 무공으로 나를 때리기라도 하게?"

화무린이 다가오더니 손을 번쩍 들었다.

그 기세가 정말로 자신을 때릴 것만 같았다. 당문화는 본능적으로 몸을 움츠리며 다급히 입술을 오므렸다.

"……요?"

화무린은 잔뜩 주눅이 든 당문화를 보고 손을 내렸다.

"그래. 앞으로는 항상 존칭을 붙이도록. 그런데 한 가지 궁금한 게 있는데 말이야. 너 혹시 황 장로라고 알아?"

"황 장로?"

"무림맹에 황오현 장로. 알아? 몰라?"

입술이 삐쭉삐쭉 툭 튀어나온 당문화가 잠시 망설이더니 소리를 빽 하니 질렀다.

"몰라! 내가 그런 것까지 대답해 줘야 해?"

화무린이 또다시 손을 번쩍 들었다.

이번에는 정말 때릴 기세였다.

당문화가 반사적으로 몸을 움츠리며 황급히 대답했다.

"알아요! 알아! 저희 할아버지랑 친분이 있어요! 가끔 본가에도 놀러 오셔서 할아버지와 바둑을 두시곤 했어요! 저한테도 가끔 맛있는 것을 사주시고요!"

당문화의 할아버지라면 전대가주인 당학련.

그는 현재 무림에서 은퇴한 전대고수이다.

당문의 고수 중에서는 유일하게 만천화우(滿天花雨)를 극성까지 익혔으며, 무공의 화후 또한 매우 깊다고 알려져 있다.

현재 무림에서 당씨 성을 가진 사람 중 무공이 가장 고절하다고 알려져 있다.

"맛있는 거를 사줘? 너한테?"

"네. 제가 어렸을 때 그분이 당문에 오실 때면 꼭 당과를 사 들고 오셨어요. 그래서 제가 무척이나 좋아했던 기억이 나요."

"당과? 그 양반이?"

화무린이 알기로는 황오현 장로는 아이를 별로 좋아하지 않았다. 그런 그가 자기 자식도 아닌 당문에 들리기 전 당과를 사 가지고 방문한다? 그것만 두고 봤을 때 그에게 당문화는 뭔가 특별한 의미인 것이 분명했다.

'흠, 뭔가 냄새가 난다!'

화무린의 머리가 빠르게 회전하기 시작했다.

'분명 당문화에게 뭔가 말 못할 비밀이 숨겨져 있다. 그 비밀이 뭘까? 분명히 출생과 관련된 일이 분명할 텐데.'

어른이 아이에게 당과를 사줄 때는 이유는 단 하나뿐이다.

아이에게 호감을 이끌어 내기 위해서이다. 더군다나 아이라면 질색을 하는 그가 뭣 때문에 당문화에게 잘 보이려고 한 것일까?

'설마 황오현 장로의 숨겨 둔 딸인가?'

화무린이 한참을 고민하더니 이내 고개를 가로저었다.

그렇게 비약하기에는 현실적으로 문제가 많았다. 여기저기에서 걸리는 문제가 한두 개가 아니었다.

"너 혹시 당문 가주의 친딸 맞아?"

화무린은 그냥 대놓고 물었다.

그 말을 들은 당문화가 펄쩍 뛰었다.

"무슨 그런 심한 소리를 하세요! 그런 질문은 저는 물론, 저의 가문까지 욕되게 하시는 거 모르시나요?!"

"아아, 미안. 농담이었어."

"흥! 다시 한 번 그런 소리하면 진짜 가만히 안 있을 거예요!"

화무린이 금방 수긍하며 손을 내저었다.

저런 반응을 내보인다는 것은 그녀의 말이 사실이라는 뜻. 그녀의 모습에서는 한 치의 거짓도 찾아볼 수가 없었다.

그렇다는 것은 그녀가 정말로 친딸이던가. 아니면 친딸이라고 믿고 있을 만큼 아주 어린 나이에 입양을 했다던가.

그렇다면 또 한 가지 문제에 봉착한다.

당문의 가주는 슬하에 두 명의 자식을 두었는데, 세상에 알려진 바로는 둘은 이란성 쌍둥이였다.

만일 당문화가 친딸이 아닐 경우라면, 그날 태어난 아이를 급히 당문으로 데리고 와 위장을 했다는 소리인데…….

굳이 왜 그래야만 했을까? 더군다나 그때쯤이라면 당학련이 가주였을 텐데. 그는 왜 그런 선택을 해야만 했을까?

자의에 의해서? 아니면 타의에 의해서?

이유야 어찌 되었던 여러 가지 정황상 화무린은 당문화가 입양된 아이라는 것을 확신했다. 다만 본인만 모르고 있을 뿐이지.

외인을 함부로 받지 않고, 폐쇄적인 성향을 지닌 사천 당문만큼 아이를 숨길만 한 곳은 존재하지 않았다.

사람을 숨기기에는 최적의 장소인 셈인 것이다.

문제는 십 오년이나 지난 지금 무슨 이유에서 숨겨 둔 그녀를 세상 밖으로 내보냈을까 하는 의문이다.

그리고 황오현 장로가 왜 그녀를 지켜 달라는 청부를 했을까? 무슨 위험이 있어서? 누가 그녀의 신변을 위협하고 있는 것일까?

그것도 자그마치 이십만 냥짜리의 청부.

그녀와 당학련 그리고 황오현 장로, 무림 맹주.

정말로 당문화의 추측대로 무림 맹주의 딸일까?

뭔가 연관이 있을 것 같지만 쉽게 떠오르는 것이 없었다.

"무슨 생각을 그렇게 골똘히 해요?"

별안간 당문화의 말소리가 들려왔다.

화무린의 생각은 거기서 끊겼다.

여기서 뭔가 조금 더 생각한다면 실마리를 잡을 수도 있을 것 같았는데…….

"에이, 너 산통 다 깨졌다."

"뭐가요?"

화무린이 퉁명스럽게 말했다.

"넌 몰라도 돼."

◈ ◈ ◈

사천당문은 폐쇄적이고 권위적인 성격을 가지고 있다. 오대세가 중의 하나인 그들은 무림에서도 철저하게 외부로부터 독립되어 있어 외부의 사람은 절대 가문으로 들이지 않는다.

가문의 전통과 독, 암기의 제조 비법을 지키기 위해 사천당문은 가문만의 독특한 규칙들이 존재하는데, 그중 하나가 바로 데릴사위제였다.

당문의 여자들은 결혼을 하게 되면 다른 가문으로 시집을 가는 것이 아니라 남자를 데릴사위로 들여와서 남자의 성을 바꾸게 한다.

한 번 사천당문의 사람이면 죽어서도 당문의 귀신이 되어서 죽으라는 뜻이다.

사천당문이 그런 말도 안 되는 규칙을 지키면서도 여지껏 오대세가 중 하나로 자리 잡고 있는 이유는, 독과 암기술에 있어서는 타의 추종을 불허하는 독보적인 위치에 있어서였다.

그들은 은원관계에 의해서도 철저하기로 소문나 있는데, 한번 은원을 지게 되면 대물림을 해서라도 갚기로 유명했다.

그만큼 사천당문은 악독하면서도 집요하기로 정평이 나 있었다.

그들은 독에 관해 타의 추종을 불허한다. 그 말인즉, 그들은 의술에도 일가견이 있다는 말이다.

독을 제조하기 위해서는 해독제도 필히 만들어야 하는데, 그러기 위해서는 수천 종의 약초를 알고 있어야 하며, 독이 인체에 미치는 영향을 알기 위해서는 기본적으로 인체의 중요기관이나 혈에 관한 지식, 기타 등의 전반적인 전문 지식을 알고 있어야 한다. 그래서 그들은 어지간한 의원들보다도 의술이 더 뛰어나다.

실제로 사천당문에서는 의술을 전문적으로 배우는 이들도 심상치 않게 있었다.

그들 중 하나가 바로 당기준이었다.

그는 백불침의라는 별호도 가지고 있었는데, 백 개의 침만 있으면 못 고치는 환자가 없다고 해서 그렇게 불리고 있었다.

당기준은 당문화의 사숙이 되는 위치에 있으며, 무림학관에 있는 의왕전의 책임자로 일하고 있었다.

무림학관에는 삼천 명이 넘는 인원이 대규모로 밀집해 있는 거대한 단체! 그러기에 아픈 환자나 부상자가 속출하기도 한다.

무림학관 내에 있는 의왕전은 그러한 환자를 돌보는 곳이었다.

같은 시각. 의왕전 내부.

한쪽 벽에 놓여져 있는 탁자 위에는 향이 타오르고 있

었고, 나무로 만든 탁자를 가운데 두고 두 명의 인영이 서로를 마주 보고 앉아 있었다.

탁자 위에는 김이 모락모락 나는 찻잔이 두 개 올려져 있었다.

의왕전의 뒤편에는 당기준이 직접 가꾸는 텃밭이 있었는데, 그는 주로 그곳에다가 찻잎을 재배하고 길렀다. 지금 그들이 마시고 있는 것도 그곳 텃밭에서 가지고 온 찻잎을 넣고 우려 낸 것이었다.

당기준의 맞은편에는 고풍스러운 수염을 가진 노인이 앉아 있었다.

체구는 작고 왜소했지만, 그에게서 풍기는 기운만큼은 결코 예사로운 것이 아니었다. 찻잔을 움켜쥐고 마시는 그 사소한 동작 하나하나에는 세월을 거스를 만큼의 거유의 힘이 느껴졌다.

그는 이곳 무림학관의 관주직을 맡고 있는 진상풍이었다.

그는 무림학관의 운영을 벌써 십 년이 넘게 맡아 오고 있었다.

그는 정파인이었으나, 무림학관의 운영에 있어서는 정파든 사파든 어느 한쪽에 치우치지 않게, 매사에 공정하게 일을 처리하기로 정평이 나 있었다.

그렇다고 그가 매사에 앞뒤 꽉 막힌 사고방식을 가졌다는 뜻은 아니다. 그는 어떨 때는 유동적으로 일을 처리하고, 또 어떨 때는 고집스러움으로 일관하기도 했다. 한 가지 확실한 것은 그는 개인적인 사리사욕에 의해 무림학관을 이용한 적이 없다는 점이다.

그가 십 년 동안이나 무림학관의 관주직을 맡아서 할 수 있었던 것은 바로 그러한 점들이 주효한 까닭일 것이다.

"허허, 여기 오면 항상 느끼는 거지만 향 내음과 차 맛이 참으로 잘 어울립니다. 왠지 이곳에만 오면 젊었을 때로 돌아간 듯한 착각이 듭니다."

"이곳을 좋아하시니 참으로 다행입니다. 그런데 이 밤중에 여기는 어인 일로 오신 겁니까? 무슨 급한 볼일이라도 계신 겁니까?"

"허허, 오늘따라 당 당주께서 급하시구려. 알았소이다. 본론부터 말씀드리리다."

진상풍은 차를 홀짝이고는 말을 이었다.

"당문의 당문화 소저가 무림학관에 입관했다는 소리를 들었소."

그 말이 떨어지기가 무섭게 당기준은 한숨부터 내쉬었다.

"휴, 저는 벌써부터 골치입니다. 그 말썽꾸러기가 여기 와서 사고나 치지는 않을지……."

운을 떼놓자 말하기가 한결 쉬워졌다.

아무리 사고뭉치라고 한들, 남의 집 자식을 면전에 대놓고 이러쿵저러쿵하기는 곤란한 법이다.

자신이 이곳에 찾아온 목적을 상기시키며 진상풍은 웃으면서 입을 열었다. 자신이 의도하고자 하는 쪽으로 대화로 이끌어 내는 것은 무림학관을 맡고 있는 관주로서도 꼭 필요한 재능 중 하나였다.

그런 점에 있어서 보자면 진상풍 관주는 이곳에 꼭 맞는 적임자라 할 수 있었다.

"너무 염려 마시오. 그만 때쯤이면 아이들이야 다 사고를 치면서 성장해 나가는 것 아니겠소? 당 소저는 그저 혈기가 왕성한 것뿐입니다. 그렇지 않아도 조금 전에 식당에서 한바탕 소란을 일으켰다고 들었는데……."

"소란이요?"

"상대에게 살수를 펼쳤다고 하더이다."

당기준은 그 말을 듣고 깜짝 놀랐다.

"그, 그게 사실입니까?"

"제가 왜 여기까지 와서 거짓말을 늘어놓겠습니까?"

"사, 상대는 어떻게 됐습니까? 크게 다쳤다고 합니까? 설마 죽은 것은 아니겠지요?"

당문화에 의해 상대가 해를 입기라도 했다면 이것은 결코 가볍게 넘어갈 문제가 아니었다. 행여 상대 가문에서 책을 잡든가 무림학관 측에서 규율을 따지고 문책이라도 한다면 당문화는 퇴학을 당하는 것은 물론이요, 사천 당문 또한 이래저래 불편한 오명을 뒤집어써야 할 판국이었다.

"다행히 상대는 다치지 않았다고 합니다. 염려 놓으셔도 됩니다."

그 말을 들은 당기준은 한숨을 크게 내쉬었다.

그 모습을 보고 진상풍이 빙그레 웃었다.

"당주께서 그 아이 때문에 십 년은 더 늙겠습니다. 허허."

"말도 마십시오. 아주 골칫덩이인 녀석입니다. 졸업이나 제대로 할 수 있을는지가 의문입니다. 모쪼록 관주님께서 너그러이 아량을 베풀어 주시기만을 바랄뿐입니다."

그 말에 순간 진상풍의 눈에 이채가 번쩍하고 떠올랐

다. 그리고 그 빛은 떠올랐을 때보다 더욱 빠른 속도로 사라졌다.

"그래서 말씀을 드리는 것이오만……."

진상풍의 목소리는 은밀하면서도 조용했다.

"나는 당문화 소저를 무탈 없이 졸업시켜 주고 싶소. 큰 사고만 치지 않는다면 말이지요. 오늘 있었던 일도 내 선에서 최대한 덮어 주고 싶소."

"예? 그게 정말입니까?"

"허나, 당 당주도 제게 약조를 하나 해주셔야겠소이다."

"무슨?"

"아마 조금 있다가 당 소저가 와서 배정받은 방을 바꿔 달라고 할지도 모르겠소."

"방을요?"

"당주께서는 그 일을 모른 척 해주시오."

"흐음."

당기준이 잠시 생각에 잠기더니 입을 열었다.

"혹시 그 이유를 물어봐도 되겠습니까?"

사실 무림학관 내의 규칙은 한번 배정받은 방은 다시 바꾸지 못하도록 되어 있다. 하지만 조직을 꾸려 가다 보면 너무 규칙에만 매달려서는 불협화음이 생기기 마련이다. 만일 은원이 얽혀 있는 두 가문의 자제들을 한 방에서 지내게 한다면 어찌 사고가 생기지 않겠는가? 또한 사고가 생기면 그 책임은 누구에게 묻는단 말인가?

진상풍 관주는 그런 면에 있어서는 꽤나 유동적인 사람이었다.

또한 무림학관의 운영을 책임지고 있는 당주들이나 교관들도 그러한 것을 알고 있었다. 그래서 그들은 방 문제에 대해서는 말썽이 생기지 않게 원하는 이들에 한해서는 객관적으로 판단하고 편의를 봐줄 수 있도록 조치를 해오고 있었다.

진상풍 관주는 그러한 편의를 봐줄 수 있는 권한을 가진 이들 중 한 사람이었다.

"흐음."

진상풍 관주는 이걸 사실대로 말해야 하나 말아야 하나 잠시 고민했다.

하지만 고민은 길지 않았다.

"이 늙은이가 말년에 들다 보니 세상 근심사가 모두 내 일 같아서 말이지요. 내게는 무림학관의 아이들이 모두 내 손자 같고 손녀 같아서 자꾸 눈에 밟히는구려. 당문화 그 아이와 같이 방을 배정받은 아이들에 대해서 알아봤소. 모용 소저와 화 소저는 성격과 그 마음 씀씀이가 좋아 당문화 그 아이와 잘 지낼 수 있을 것이오."

당기준은 그게 무슨 말인지 이해가 잘 되지 않았지만, 관주의 의도는 충분히 이해할 수 있었다.

그는 말하기 어려우니 더 이상 묻지 말라고 말하고 있는 것이었다.

"내가 해줄 수 있는 말은 여기까지요. 이만하면 당 당주께서는 내 말의 뜻을 헤아려 주었으리라 믿겠소이다."

착각이었을까? 순간 당기준 당주의 눈동자가 크게 흔들리더니 이내 언제 그랬냐는 듯이 잠잠해졌다.

당기준은 당문화의 출생에 관해서 알고 있는 몇 안 되는 이들 중 한 명이었다.

당문화가 사천당문으로 처음 온 날 자신과 아들 내외를 불러 신신당부를 하던 당학련 가주의 모습이 아직도 눈앞에 훤했다.

당기준은 당문화를 친조카 이상으로 예뻐했는데, 그녀에게 드리워진 암운이 무사히 지나갈 수 있기를 해마다 천지신명께 빌고 있었다. 그녀가 세상으로부터 떨어져 그냥 이대로 당문의 여식으로 조용히 늙어 죽을 수 있기를 말이다.

그는 순간적으로 진상풍 관주의 말에서 당문화의 신변에 이상이 생길 수 있음을 깨달았다. 결국은 오지 않기를 바란 그때가 온 것이다.

'피할 수만 있으면 피해 가기를 그토록 바랬건만.'

당기준 당주는 고개를 끄덕였다.

"알았습니다. 그렇게 하도록 하지요."

며칠 전, 진상풍 관주는 한 사내의 방문을 받았다.

흑의무복에 죽립을 쓴 사내가 모두가 잠든 밤 은밀히 자신을 찾아와서 황오현 장로의 서찰을 전한 것이다.

그것은 철가장의 화무린이라는 여아가 입관하면 꼭 당문화와 함께 같은 방에 배정해 달라는 내용이었다.

진상풍 관주와 황오현 장로는 무림에서 차지하는 배분도 비슷한데다가 성격도 잘 맞아, 젊었을 때부터 호형호제한 사이였다. 그 정도의 부탁쯤은 손쉽게 들어줄 수 있었다. 서찰에는 아무것도 묻지 말아 달라는 부탁이 담겨져 있었고, 이 일은 아무도 모르게 처리해 달라는 신신당부의 말이 적혀져 있었다.

평소 강직하고, 부도덕한 일을 싫어하는 황오현 장로

의 성품을 보았을 때, 나쁜 일을 행할 목적으로 그런 것 같지는 않았다.

그래서 진상풍 관주는 황오현 장로를 믿고 당문화가 배정받은 방 안에다가 화무린을 집어넣은 것이다.

아무에게도 말하지 말라는 당부의 말이 있었는지라 진상풍 관주는 사실 그대로를 말할 수가 없었다.

"그럼 당 당주께서 수락하는 걸로 알고 이만 돌아가겠소이다."

진상풍 관주는 더 이상 할 말이 없다는 듯이 자리에서 일어났다.

잠시 후, 진상풍 관주가 발걸음을 돌린 지 일각도 채 되지 않아 당문화가 의왕전에 모습을 드러냈다.

"헤헷, 당 사숙 저 왔어요!"

활기차 보이는 것이 예전에 그 모습 그대로였다.

당기준은 너털웃음을 지으며 그녀를 반겼다.

"허허, 이렇게 너를 무림학관 내에서 보게 될 줄이야. 몇 해 못 본 사이 더 성장했구나. 이제는 시집을 가도 되겠어."

"아이참, 사숙도!"

당문화가 몸을 배배 꼬며 말했다.

남궁현승과의 결혼이라니! 생각만 해도 얼굴이 후끈 달아올랐다.

"그나저나 네가 이 야심한 밤에는 웬일이냐? 어제 입관했다는 소리를 들었다만, 찾아오지 않아 내심 섭섭하려고 하던 찰나였다."

"제가 어찌 사숙을 잊고 있었겠어요! 다만 새로운 곳에 오다 보니까 적응할 시간이 필요해서 그랬어요. 그래서 제가 이렇게 찾아왔잖아요."

"허허, 무슨 용건이 있어서 찾아온 것은 아니고?"

당기준은 당문화의 의중을 정확히 파악하고 있었다. 조금 전에 진상풍 관주의 말이 아니더라도 당문화가 이렇게 새침을 떼면서 올 때는 항상 무슨 부탁을 할 때뿐이라는 것을 당기준은 잘 알고 있었다.

"그래, 어서 말해 보아라. 오늘은 또 무슨 일 때문에 찾아온 거냐?"

"실은……."

당문화가 입을 삐쭉거리며 말을 이었다.

"제가 배정받은 방에 이상한 사람이 있어서 그래요. 사숙님이 힘 좀 써 주셔서 방 좀 바꿔 주시면 안 돼요?"

"이상한 사람?"

"네, 완전히 미친년… 아니, 미친 사람이에요! 말도 안 통하고, 무식하고, 안하무인이고. 또 저한테 얼마나 함부로 하는데요. 아까는 막 저를 때렸다니까요?"

당문화는 화무린을 떠올리는 것만으로도 몸을 부르르 떨며 눈에 힘을 주고 있었다.

그 말을 들은 당기준의 반응은 놀라운 것이었다.

'당문화를 때려? 저 아이의 무공이 결코 뛰어난 편은 아니지만 동갑내기들 중에서는 발군의 실력을 가지고 있거늘. 저 아이를 저렇게 겁줄 수 있는 여아가 무림에 있었던가?'

"혹시 그 아이의 이름이 어떻게 되느냐?"

"화무린이라고 해요!"

"화무린?"

당기준은 그가 알고 있는 가문들을 하나씩 떠올리며 화무린이라는 이름과 대조를 해 보았다. 하지만 아무리 생각해 봐도 당문화를 제압할 만한 아이는 떠오르지 않았다.

"어디 가문의 여식인지는 알고?"

"듣자 하니 철가장이라고 하던데. 혹시 그런 가문 들어 본 적 있으세요?"

"철가장이라……."

물론 처음 듣는 이름의 가문이다.

하지만 진상풍 관주가 화무린이라는 이름을 언급하면서도 별말을 하지 않았다는 것은 믿어도 좋을 만한 신분을 가지고 있다는 것이다.

"화무린… 철가장이라."

"사숙도 처음 듣는 가문이죠? 허접한 가문의 여식 주제에 나를 그렇게 함부로 대하다니! 언제 한번 사숙이 혼쭐을 내주세요!"

"허허허."

당기준은 그냥 웃기만 했다. 이렇게 철없고, 세상 물정 모르는 아이가 무림이라는 거친 풍파를 맨몸으로 받아야만 한다니. 걱정부터 앞섰다.

하지만 이것이 당문화가 짊어지고 가야 할 숙명이라면 당기준은 웃으면서 보내 주는 수밖에 없었다. 그것이 사람이 따라야 할 순리이고 이치이기에.

"방 바꿔 주실 거죠?"

평소 때 같으면 자신의 편을 들어주고 변호해 주기 바쁜 사숙이 오늘따라 웃기만 할 뿐 별다른 대답을 하지 않았다.

왠지 모를 불안감에 당문화가 다시 한 번 더 재촉했다.

“미안하구나. 방을 바꿔 주는 것은 교칙에도 어긋나는 일이고, 방도 벌써 다 찼으니. 내가 어떻게 할 도리가 없겠구나. 원래 밖으로 나오면 불편함이 많은 법이다. 그 불편함을 감수하면서 생활하는 것도 네가 무림인으로 성장하는 방법 중에 하나겠지. 화무린이라는 아이와 잘 한번 지내보도록 하거라.”

생각지도 못한 대답에 당문화가 소리를 빽 하니 질렀다.

“사숙!!!!”

“밤이 너무 늦었으니 이만 돌아가 봐라. 곧 있으면 소등 시간이니.”

밖으로 나갔던 당문화가 방으로 되돌아왔다.

그녀는 전례 없는 시무룩한 표정이었다.

그녀가 어떠한 목적으로 나갔는지를 알고 있는 화무린은 어떤 일이 있었는지 대충 짐작이 갔다.

“왜? 만족할 만한 대답을 듣지 못했나 보지?”

혹시나 방이 바뀌지기라도 한다면 어떻게 해야 하나 고민하던 찰나였다.

여지껏 자신과 당문화의 숙소가 같은 방이라는 사실에 의심을 품고 있던 화무린은 이번 일을 통해서 확실히 깨달을 수 있었다. 자신과 당문화가 같은 방에 들어오게 된 것은 누군가 고의적으로 의도한 것임을.

자신의 일에 보이지 않는 조력자가 있다는 것은 화무린으로서도 내심 반기는 일이었다.

"쳇!"

기대감이 크면 실망감도 큰 법이다. 어지간한 부탁이라면 무리를 해서라도 모두 들어줬을 당 사숙이었다. 그런 당 사숙이 자신의 부탁을 일언지하에 거절할 줄은 꿈에도 몰랐다.

당문화가 화무린을 슬쩍 쳐다봤다.

그녀는 자신만만한 표정으로 자신을 쳐다보고 있었다.

마치 먹잇감을 앞에 둔 사자와도 같은 모습.

방이 바뀌어졌다면 몰라도 일이 이렇게 된 이상 화무린과 같은 방을 써야 하는 그녀로서는 화무린의 시선이 부담스럽기만 했다.

쩝, 더럽고 치사하지만, 이것이 양육강식의 법칙이라면 순응하면서 살아야겠지.

당문화가 갑자기 몸을 꼬며 배시시 웃었다.

“헤헤, 언니! 앞으로 우리 잘 지내 봐요.”

보기보다는 포기가 빠른 그녀다.

아니, 처세술이 뛰어나다고 해야 하나?

화무린이 피식 웃었다.

제5장

무림학관 입관식 첫날!

다음 날 아침, 무림학관의 제일연무장에는 천 명의 입학생이 정렬을 유지한 채 정면을 바라보고 있었다. 무림학관 내에 존재하는 연무장 중 가장 큰 연무장이 바로 제일연무장이었고, 가끔씩 축제나 행사를 할 때도 이용되는 곳이기도 하다.

정면에는 급히 만든 단상 위에 무림학관의 관주인 진상풍 관주가 연설을 하고 있었고, 단상 아래에는 앞으로 일 년간 입학생들을 훈련하고 교육시킬 교관들이 입학생들을 예리한 눈빛으로 훑어보고 있었다.

화무린은 입학생들 사이에 껴서, 나풀거리는 흙먼지를

손으로 내저으며 쫓아내고 있었다.

관주의 연설은 예상보다 길어졌다.

화무린은 터져 나오는 하품을 간신히 참으며, 졸린 눈을 비볐다.

그걸 보고 모용수미가 조용히 물었다.

"언니, 어제 잠 못 잤어요?"

"응, 나 원래 잠자리 바뀌면 잘 못자."

"진짜요? 이상하다. 눕자마자 자는 것 같았는데."

"설마, 내가 얼마나 예민한 편인데."

"그런가? 코까지 고는 것 같던데. 옷도 막 벗고."

"내가 옷을 벗었어?"

"네. 답답한지 옷고름을 풀고 막 벗으려고 했어요. 언니 야해!"

모용수미가 곱게 눈을 흘겼다.

그 모습을 보고 화무린이 속으로는 내심 뜨끔했다.

어쩐지 일어날 때 가슴골이 마구 풀어 헤쳐져 있어서 이상하다 여겼는데 그 이유 때문이었는가?

무황이었을 때 그는 잠자리에 들 때면 늘 상의를 탈의하고 자든가, 아니면 얇은 마의만을 입고 주로 잠을 청했다. 하지만 여자의 몸이 되다 보니 감춰야 할 것도 많고,

입어야 할 것도 많으니 태생이 남자인 그로서는 답답함을 느낄 수밖에 없는 것이다.

특히나 가슴 부분. 가슴가리개가 잘 때면 얼마나 바짝 죄어 오던지.

'젠장, 여자들은 불편해서 어찌 사는지 몰라?'

화무린은 말도 안 되는 소리라고 웃어넘겼다.

한참을 그러고 있는데 가까운 곳에서 시시덕거리고 있는 덩치 큰 남학생 두 명이 눈에 들어왔다.

그 둘은 자신의 앞에 있는 남학생의 무릎 뒤를 발끝으로 톡톡 걷어차고 있었다. 그럴 때마다 맞고 있는 학생의 무릎이 꺾이며 신체가 앞으로 휘청휘청 거렸다.

당하고 있는 남학생은 얼굴이 벌게진 채 신형을 잡기 위해 애를 쓰고 있었지만, 그것은 결코 쉬운 일이 아니었다.

두 학생에 비해 상대적으로 체구가 작고 왜소하여 그 모습이 참으로 안쓰러워 보였다.

"저기 재네들 뭐냐? 첫날부터 애를 왜 저렇게 괴롭혀?"

그것을 보고 모용수미가 속닥였다.

"아마 흑천부의 자제들일 거예요. 두 사람이 형제라고

알고 있어요."

아닌 게 아니라 자세히 보니 두 명이 좀 닮은 것 같기도 했다.

"사파 쪽에서는 제법 유명한 애들이에요. 성품이 잔인하고 무섭대요."

"흠 그래?"

의뢰밥을 먹고 사는 화무린 또한 흑천부에 대해서 모를 리가 없었다. 흑천부의 두 망나니라면 자신도 들어 본 적이 있었다.

패악질만 일삼는 놈들이라는데 그 낯짝들을 보니 딱 그런 짓을 하게끔 생긴 놈들이었다. 그런 놈들한테 입학한 첫날부터 걸리다니 당하고 있는 저놈도 참 더럽게 재수 없는 놈이라는 생각이 들었다.

"가만, 저놈 어디서 낯이 익는데?"

얼굴에는 패기라고는 눈곱만큼도 찾아볼 수 없고, 자신에게 장난을 걸고 있는 놈들에게 한마디도 쏘아붙이지 못할 만큼 심약해서, 행여 첫날부터 교관들에게 흠 잡힐까 봐 두려워 전전긍긍하는 녀석.

그 녀석과 자신에게 이빨을 훤히 드러내 보이면서 꼭 합격해서 다시 보자던 숭양문의 애송이의 얼굴이 겹친다.

자세히 보니 아닌 게 아니라 바로 그 녀석이었다.

'이름이 길위천이라고 했던가?'

몰락한 가문을 일으키기 위해서 훌륭한 무사가 되기 위해 입학했다고 했다. 하지만 이상과 현실은 동떨어지기 마련이다. 객관적으로 봤을 때 길위천은 근골이 나쁜데다가, 체격도 왜소하다. 쌓아 놓은 내공도 전무한 상태고, 결정적으로는 독심이 부족했다.

저런 녀석은 아무리 훈련을 한다고 해도 일류고수의 반열이 오르지 못한다.

잘해야 이류급 정도가 될 것인데, 이류급 무사들은 출세를 해 봤자, 무림맹 소속의 무력단체에서 십인장 자리나 꿰차는 게 고작이다.

그것도 운이 좋았을 경우나 그렇고, 대부분은 이름도 모를 칼에 맞아 죽든가 팔이나 다리가 잘려 병신이 돼서 은퇴하는 게 전부였다.

그런 생각을 하니 조금은 불쌍하기는 하다.

"쩝."

화무린은 보고도 못 본 척하자니 찝찝하고, 심심한데 장난이나 칠까 하는 요량으로 바닥에 떨어져 있는 손톱만한 돌멩이를 하나 주워 들었다.

그리고는 가까운 녀석을 향해 슬쩍 손가락을 구부렸다.

그녀의 손가락에서 발사된 돌멩이가 보이지도 않을 속도로 날아갔다.

쐐액—!

딱—!

"누구야?!"

멍청한 놈.

그걸 밝히려면 이렇게 몰래 돌멩이를 던졌겠냐?

녀석이 잠시 두리번거리다가 몸을 원래대로 돌렸다. 흑천부의 무공은 외공이 주로 발달되어 있었는데, 녀석도 외공을 익혔는지 머리가 단단하기 그지없었다. 보통 사람들 같았으면 아프다고 난리를 쳤을 텐데.

쐐액—!

딱—!

"아씨, 누구야?!"

멍청한 놈.

같은 걸 또 물어보다니.

녀석이 또다시 몸을 돌리기가 무섭게, 화무린의 눈이 바닥에 돌멩이를 찾았다.

'이거 은근히 재미있는데? 이번에는 삼연발이다!'

화무린은 돌멩이를 검지, 중지, 약지 손가락에 차례대로 끼워 넣었다. 예전에는 곧잘 이러고 놀았는데 여자 손이라서인지 자꾸 돌멩이가 옆으로 삐져나왔다.

'받아라!'

이번에는 손가락에 슬쩍 내공까지 실어 넣었다. 화무린의 손에서 발사된 돌멩이 두 개가 먼젓번 녀석의 뒤통수를 가격하고, 또 하나의 돌멩이가 궤적을 달리하여 길위천에게로 날아갔다. 손이 작다 보니 튕기기 직전에 손아귀에서 빠져나간 모양이다.

'이런, 실수를!'

따악—!

내공까지 실은지라 맞는 소리가 제법 크게 들렸다.

녀석은 더 이상 화를 참을 수 없었는지 주위의 신경은 아랑곳하지 않고 있는 대로 소리를 내질렀다.

"어떤 새끼인지 몰라도 잡히기만 해 봐. 팔다리를 분질러 버릴……."

털썩.

흑천부 녀석의 말은 끝까지 이어지지 않았다. 길위천이 서 있는 그 자세 그대로 바닥에 쓰러진 것이다. 쓰러진 녀석의 바닥 아래로 피가 뚝뚝 흐르기 시작했다. 뒤통수에서는 피가 흥건히 배어 나오고 있었다.

주위는 순식간에 아수라장이 되어 버렸다. 관주의 연설은 중단되고, 교관 한 명이 급히 달려와서는 피가 흐르는 뒤통수를 지혈하고, 녀석을 들쳐 업었다. 나머지는 웅성거리는 학생들을 정렬시켰다.

교관이 사라지는 것은 순식간이었다.

"이게 무슨 일이래요?"

어수선한 분위기에서 모용수미가 물었다.

"글쎄. 나도 잘 모르겠는데."

이럴 때는 시치미를 떼는 게 상책이다.

화무린이 낮게 휘파람을 불며 딴청을 부렸다.

❖ ❖ ❖

일학년생들은 기본적인 체력 훈련 이외 내공에 관해 체계적인 훈련을 시작했다.

내공은 운기행공으로 대자연의 기운을 받아 체내에 기(氣)를 배양하는 것으로, 주로 내공심법이라고 알려진 서적 등을 통하여 단전 아래에 기를 축적하게 된다.

대부분의 무가의 아이들은 걸음마를 떼기도 전부터 내

공수련을 시작하는데, 그 이유는 나이가 적을수록 몸 안에 탁기가 많이 쌓여 있지 않고, 배출하기도 쉽기 때문이다.

몸이 노화함에 따라 몸 안에 탁기는 점점 쌓여 가기 마련인데, 쌓인 탁기들은 무인들이 가장 중요하게 여기는 임맥과 독맥부터 쌓이게 된다.

무림인에게 있어 임맥과 독맥은 가장 중요한 혈도 중 하나로, 생사혈관이라고도 부른다.

기는 단전(丹田)에 생산, 저장되어 있던 기는 회음(會陰)이라고 하는 기혈을 통하여 독맥(督脈)으로 공급되고 척추신경을 따라 올라가는 독맥과 머리에서 몸의 전면(前面) 중앙으로 내려오는 임맥(壬脈)으로 몸 전체로 순환된다.

그러므로 임맥과 독맥은 중요한 기의 순환로이며, 그것이 뚫려 있냐 아니냐의 차이는 그야말로 어마어마한 것이다.

생사혈관을 뚫기란 쉬운 일이 아니다.

사람은 태어나는 순간부터 온몸에 퍼져 있는 모공과 입으로 호흡을 하기 시작하는데, 호흡을 하는 순간부터 체내에는 탁기가 쌓이기 때문이다.

한 번 쌓인 탁기는 무서울 속도로 혈도의 중요 구멍을 막아 버리는데, 이는 이물질이 자그마한 하수구 구멍을 막아 버리면 물이 잘 흘러내리지 않는 이치와 비슷한 것이다.

이를 뚫는 방법은 오직 하나뿐이다. 진기의 일주천을 통해 순수한 내력으로 탁기를 한 번에 몰아내는 것이다.

세월이 흐를수록 몸 안에 쌓여 있는 탁기의 양도 비례한다. 갓난아기 때에는 임맥을 타동하기 위해서 아주 작은 힘이 필요한 반면, 노년의 나이가 되면 생사혈관을 뚫는 데는 그만큼의 어마어마한 힘이 필요하다.

그래서 무가의 아이들의 대부분은 가문의 어른들의 도움을 받아 어렸을 때부터 생사혈관부터 뚫고 내공을 쌓았다.

일류고수가 되기 위해서는 생사혈관의 타동은 꼭 필요한 것으로, 이것은 선택이 아닌 필요조건에 해당하는 부분이었다.

무림학관에 입학한 신입생들 중에는 임맥과 독맥의 타동은 물론, 영약이나 영물의 내단을 복용한 이도 적지 않았다.

그들은 가문에서 전해져 오는 내공심법을 익혔는데,

그것은 무림학관에 소장되어 있는 내공심법보다도 몇 단계는 더 높은 상승무공이었다.

대부분의 이들은 오전 시간에 자신들이 익히고 배워 온 것들을 수련했다. 그렇지 못한 이들은 교관들에 의해 각자의 성격이나 성별, 선천적인 기운 등을 파악하고, 그에 알맞은 내공심법서를 추천받았다.

내공은 처음에 쌓을 때가 무척이나 중요한 법인데, 체계적이고 제대로 된 공부를 하지 못한 이들에게는 교관들이 한 명씩 달라붙어, 가르쳐 주느라 오랜 시간을 할애해야만 했다.

잘난 가문과 뒷배경이 중요한 것이 바로 이러한 점 때문이다.

같은 일학년생이라도 출발부터가 이렇게 다르니, 맺는 결실 또한 다를 수밖에 없었다.

무림학관에는 학년별로 열람할 수 있는 서고가 있었는데, 일학년은 그중 하나인 장서각의 책을 열람할 수 있었다.

그 안에는 천 개가 넘는 무공비서가 존재하며, 검법은 물론, 장법, 창술, 도법, 박투술, 암기술 등 무공에 관해서는 총망라되어 있었다. 물론 내공심법도 존재했다. 하지만 장서각에 있는 대부분의 무공서들은 대외적으로도 제법 알려져 있어, 장, 단점이 샅샅이 공개된 상태였다.

그중에서 특별나게 뛰어난 무공 서적은 눈 씻고 찾아봐도 찾을 수가 없었다. 하지만 그것은 대문파의 자제들이 보는 시각이었고, 상대적으로 제대로 된 무공을 배우지 못한 이들에게 장서각은 그야말로 보물창고나 다름없었다.

수백 명의 아이들이 매일같이 장서각에 들락날락거리니 장서각의 문지방이 닳아 없어질 지경이었다.

당문화는 그 아이들 틈에 끼어 있는 이들 중 한 명이었다.

사실 그녀가 익히고 있는 것의 무공은 장서각에 있는 무공보다 한 단계는 위 수준에 있는 무공이다.

당문화도 그런 사실을 알고 있었지만 무림인이라면 자신이 배우고 있는 무공 이외도 다른 무공에 대한 호기심을 떨쳐 버리기란 쉽지만은 않은 일이었다.

그녀가 장서각에서 서적을 뒤적거리고 있는 건 무엇을 배우겠다는 탐구욕보다는 순전히 호기심 때문이었다.

그 뒤를 화무린이 쫓아갔고, 그녀 뒤는 모용수미가 쫓

았다.

장서각 내에는 눈이 휘둥그레질 만큼 많은 책들이 빽빽하게 벽면을 메우고 있었다. 대부분이 진본이 아닌 깨끗한 책자에 옮겨 적어 놓은 사본들이다.

화무린은 그중 하나를 집어 들었다.

소림오권(少林五拳).

소림사에서 창안한 권법으로 동물들의 모습을 본떠 만든 무공이다. 화무린은 반대편 벽면에 있는 책을 뽑았다.

현허도법(玄虛刀法).

무당파의 무공으로 무당의 입문제자들에게 가르치는 도법이다.

아미의 소청검법(小淸劍法).

역시나 아미의 속가제자 신분만 되도 가장 먼저 배우는 무공.

수준이 다 고만고만했다. 대부분의 무공 서적이라는 게 각 문파에서 입문한 제자들에게 가장 먼저 가르치는 것들뿐이다. 개중에는 그보다 더 나은 무공서도 있었지만, 화무린이 보기에는 그 밥에 그 나물이었다.

그러다가 문득 눈에 들어오는 무공서가 있었다.

"삼재검법? 이런 것도 있었어?"

삼재검법은 총 삼초식으로 나뉘어져 있다.

일초식 천(天), 세로베기.

이초식 지(地), 가로베기.

삼초식 인(人), 찌르기.

무공의 가장 가본이 되는 것으로, 세 살짜리 꼬마 아이도 알고 있는 것이 바로 삼재검법이었다. 사실 엄밀히 말하자면 이건 무공서라고 부를 수도 없었다.

사람이라면 누구나 숨 쉬는 법을 태어날 때부터 자연스럽게 터득하듯이, 삼재검법 또한 나무 몽둥이라도 쥐어본 사람이라면 누구나 자연스럽게 행할 수 있는 것이 바로 삼재검법이기 때문이다.

화무린은 시간이나 죽일 셈으로 삼재검법서를 빠르게 넘기다가 문득 이상한 것을 발견했다.

"응? 이게 뭐야?"

아무것도 적어 놓지 않은 공백의 맨 뒷장 페이지가 유난히 두꺼워 보이는 것이다. 자세히 살펴보니 맨 뒷장은 페이지 한 장을 덧대어 놓은 채 풀이 발라져 있었다. 자세히 살펴보지 않으면 발견할 수 없는 흔적이었다.

풀이 붙은 종이를 조심스럽게 뜯어내자 그 사이에는 손바닥만 한 종이가 접혀져 있었다.

'이건 뭐지?'

종이를 펼치자 그 안에는 기이한 형태의 수식으로 된 글씨가 적혀져 있었다.

일종의 암호 같아 보이는데, 이런 암호는 그녀 또한 처음 보는 것이었다. 이상한 점은 왜 이것이 삼재검법의 맨 뒷면에 있냐는 것이다.

추측해 보건대, 누군가가 삼재검법 맨 뒷장에 서신을 남겨 놓고, 제삼의 인물과 정보를 주고받고 있는 모양이었다.

누굴까? 누가 왜 이런 서신을 이곳에다가 남겨 놓은 것일까?

"언니 뭐해요?"

화무린은 느닷없이 들려오는 소리에 깜짝 놀라며 얼른 종이를 원래 자리에 끼워 넣었다. 그녀를 부른 것은 모용수미였다.

"응? 아무것도 아니야."

"뭘 보고 있었어요?"

모용수미는 화무린이 들고 있는 책 제목을 보고는 배시시 웃었다.

"삼재검법? 헤헷, 나도 어렸을 때 이거 배웠는데. 어디 나도 한 번 봐봐요."

"별거 없어."

화무린은 아무 일도 없었다는 듯이 말했다.

뎅뎅뎅—!

때마침 식사 시간을 알리는 종소리가 울렸다.

화무린이 모용수미를 붙잡고는 말했다.

"밥이나 먹으로 가자."

"헤헤, 좋아요!"

❖ ❖ ❖

화무린과 모용수미는 이층 식당으로 곧장 향했다. 전날과는 다르게 이층에는 드문드문 사람들이 앉아 있었다. 아마도 여기 있는 자제들은 구파일방이나, 세가 쪽, 그것도 아니면 사도련의 팔대 가문에 속해 있는 가문의 자제들일 것이다.

이곳은 특별한 공간이었고, 아무나 앉아서 식사를 할 수 있는 곳은 아니었으니까.

여기 앉아 있는 이들은 이곳을 졸업하면 각자 속해 있는 가문의 방법에 따라 장차 무림을 이끌어 나갈 것이다.

화무린과 모용수미가 이층에 나타나자 단번에 이목이 쏠렸다.

무림학관 내에 여자가 워낙 없는 이유도 있었지만, 화무린에 대한 소문이 하루 사이에 학관 내 퍼졌기 때문이다.

더군다나 이층에서 식사를 하고 있는 이들은 그야말로 무림 내에서도 최상류층에 속하는 이들.

당문화를 단숨에 꺾어 버린 절세미녀 화무린에 대한 소문은 이미 그들 사이에서는 파다하게 퍼져 있었다.

그녀들을 보자 주방장 한 명이 달려 나와 자리를 안내했다.

"어서 오십시오. 그렇지 않아도 기다리고 있었습니다."

"저를요?"

"예, 남궁 소협께서 어찌나 신신당부를 하시던지. 오시면 불편함 없게 모시라고 하셨습니다."

남궁현승이 기특해지는 순간이었다.

"앞으로 졸업할 때까지 소저께서 드시는 음식의 비용 또한 남궁세가에서 책임지기로 했습니다. 소저께서는 드시고 싶은 음식을 주문만 하시면 됩니다."

오호라. 다 공짜라 이거지? 그렇다면 신나게 먹어 주지.

"그러면 우선 제일 잘하는 요리 세 가지와 간단한 채소볶음 정도로 부탁드리죠."

화무린에 말에 주방장의 눈이 휘둥그레졌다.

"예? 세 가지나 말씀이십니까? 혹시 더 오실 분이 계십니까?"

"아니요. 둘이 먹을 거예요."

주방장이 떨떠름한 표정을 지으며 말했다.

"요리 하나에 보통 두 분에서 세 분 정도가 드시는 양입니다. 세 가지면 양이 꽤 많을 텐데. 소저 두 분이 다 드실 수 있겠습니까?"

"걱정 말고 내오세요."

"예예, 알겠습니다."

음식이 전부 나오기까지는 일각도 채 걸리지 않았다. 보통 객잔에서 요리 하나를 시키면 나오는 시간이 일각이 조금 넘는 것을 감안했을 때, 무척이나 빠른 편이었다. 화무린은 가장 먼저 나온 요리에 젓가락을 집었다.

그것은 오리고기를 훈제처럼 썰어, 채소와 같이 곁들여 양념장에 찍어 먹는 것으로, 그 맛이 기가 막힐 정도로 맛있었다.

그리고 연이어 나온 음식들을 맛보려는데, 계단 밟는 소리가 들리면서 일단의 무리가 나타나더니 곧장 그녀들이 있는 곳으로 다가왔다.

"하하, 소저 또 뵙는군요. 저희도 합석해도 되겠습니까?"

독고진과 풍일, 남궁현승 일행이었다.

그러고 보니 어제도 이 세 명이 같이 다니던데, 오늘도 같이 나타난 것을 보면 세 명의 사이가 무척이나 돈독한 모양이다.

풍일이 탁자 위에 놓아져 있는 음식을 보며 호들갑을 떨었다.

"저희가 오실 줄 알고 미리 음식을 시켜 놓으셨군요. 화 소저!"

풍일이 앉자 독고진, 남궁현승도 고개를 살짝 숙이더니 의자를 빼어 자리에 앉았다.

'이 자식들… 앉으라고 말도 안 했는데!'

음식은 고작 세 접시밖에 없는데, 저건 모용수미와 나눠 먹기에도 모자랐다. 자신이 보통 먹는 음식의 양이 요리 두 접시. 모용수미가 저 자그마한 체구에서 뿜어내는 식탐욕을 봤을 때 요리 세 접시면 둘이 적당히 먹을 수 있는 양이었다.

하지만 속안에 있는 말을 그대로 내뱉을 수도 없는 노릇. 자신도 공짜 음식을 먹는 주제에 누가 누굴 쫓아낸단 말인가?

화무린이 속에도 없는 말을 끄집어냈다.

"호호, 음식은 많으니 천천히 들 드세요."

독고진이 젓가락을 일행들에게 나눠 주며 입을 열었다.

"이렇게 신경 써 주시니 감사합니다. 그러고 보니 오늘부터 신입생들도 본격적인 훈련에 들어간다고 들었습니다. 어떻습니까? 하루 지내보니까. 지낼 만하십니까?"

"아직은 하루밖에 안 됐으니까 뭐라 말씀드릴게 없네요. 쩝쩝. 하지만 교육훈련 내용을 보니 이곳에서의 생활은 조금 시간이 아깝다는 생각이… 쩝쩝… 드는군요."

화무린은 대답하면서도 부지런히 젓가락을 놀려 대고 있었다.

말을 하면서 저렇게 빨리 먹을 수 있다는 것은 정말로 놀라운 일이었다.

말을 하면서 음식을 먹고 있기에 간간이 음식물이 튀기는 했지만, 그것 때문에 군소리를 하는 사람은 아무도 없었다.

오히려 화무린에게서 저런 소탈한 면을 발견했다고 생각되는지 풍일은 더욱더 화무린에게 빠져드는 눈빛이었다.

"하하, 그러실 겁니다. 그 생각에는 저희도 동의하고 있습니다. 저희도 일학년 시절 때는 지루해서 혼났거든요."

그 말은 독고진뿐만이 아니라 어지간한 대문파의 제자들에게는 모두 해당되는 말이었다.

무림학관 일학년들이 수련하는 내용들을 살펴보면 대부분이 기초수련에 해당되는 것들로, 어지간한 수련들은 그들이 모두 어렸을 때 겪은 것들이었다.

더군다나 가르쳐 주는 내공심법, 무공 등도 모두 무림에서 활동하고 있는 문파들이 내어 준 것들이라 눈에 차지 않는 것이 대부분이었고, 또 개중에는 이미 익히고 있는 것도 있었다.

그래서 일학년생들의 훈련 중 가장 큰 비중을 차지하고 있는 것이 내공훈련과 자율훈련이었다. 무공을 이제 막 시작한 길위천 같은 이들이라면 모를까, 이미 상승무공을 익히고 온 이들에게 허접한 무공을 가르칠 수는 없는 노릇.

하지만 내공은 무공의 수위 고하를 막론하고 꾸준하게 쌓고, 정진해야 하는 것이기에 혼자 수련하기도 좋고, 시간을 때우기도 적합했다.

그러다 보니 무림학관을 처음 세웠을 때의 취지와는 다르게 오늘 날에 있어서는 정과 사파의 화합이라는 상징적인 의미 이외에 별다른 게 없었다. 하지만 그 의미를 무시할 수만은 없는 게 알게 모르게 무림에 의외로 많은 영향을 끼치고 있었다.

학생 때의 친분이 훗날까지도 이어지는 경우도 많았고, 또 그러한 것들이 쌓이고 쌓여, 은근히 무림 평화를 지속하는데 도움을 주고 있었다.

그러한 지속력은 변황 세력들의 반발을 억제시키는 데 효과가 있었고, 무림에 암중하고 활동하는 수많은 세력들을 견제하는 데도 도움이 됐다.

"사실, 화 소저의 무공 수준이면 곧장 이학년의 수련에 참가해도 될 것입니다. 이학년부터는 그나마 조금 나아집니다."

옆에서 풍일이 말을 거들고 나섰다.

"그래요? 쩝쩝쩝."

화무린이 대답을 하는 둥 마는 둥 하면서 슬쩍 모용수미를 쳐다봤다. 그녀는 오물오물 씹으면서 엄청난 속도로 음식을 먹어 대고 있었다. 전에도 느낀 거지만 이 녀석 체구도 조그마한 게 먹는 것은 경악스러울 정도다.

더군다나 한마디도 하지 않고…….

화무린도 젓가락질에 속도를 높였다.

아예 그녀의 젓가락질은 손에도 보이지 않을 지경이었다.

휙휙휙—!

음식이 눈에 띄는 속도로 줄어드는 것도 모르는 채 일행들은 대화를 나누기에 여념이 없었다. 풍일은 화무린이 먹는 것을 쳐다보는데 여념이 없었고, 오직 남궁현승만이 묵묵히 그들의 대화를 들으면서 음식을 먹고 있었다.

"하하, 뭐 그래도 별반 차이는 없지만요. 저희는 삼학년이 되기만을 손꼽아 기다리고 있습니다."

"삼학년이 되면 후르르륵, 쩝쩝쩝… 뭐가 달라지나요?"

"화 소저는 모르고 계셨군요? 삼학년부터는 무림맹의 무력단체에 소속되어 무림행을 할 수가 있습니다. 비록 임시직이기는 하지만, 그곳에서 생활하면서 무림에서 벌어지는 각종 일들을 해결할 수가 있죠. 그때 처리 과정 등이 고스란히 평가되어 점수로 매겨집니다. 졸업의 유무는 점수로 인해 좌지우지됩니다."

"오호, 그런 제도가 있었나요?"

"사실 무림학관 내의 일, 이학년 생활은 일종의 요식 행위에 지나지 않습니다. 본격적인 활동은 삼학년 때부터 진짜죠. 지금은 그저 즐긴다는 생각으로 학관 생활에 임하시면 됩니다."

"그렇군요."

탁!

화무린은 들고 있던 접시를 내려놓았다. 동시에 모용수미도 동그란 배를 두들기고 있었고, 남궁현승은 조용히 음식이 묻은 입가를 닦고 있었다.

한참 떠들고 있던 독고진은 자신도 음식을 먹어 볼까 하고 젓가락을 집었는데, 뭔가가 많이 허전했다. 탁자 위에 놓여진 접시는 음식이 담아져 있었다는 흔적만을 남긴 채, 아주 깨끗한 상태로 변해 있었다.

"으, 음식이?"

"잘 먹었습니다. 좋은 정보도 주시고. 꺼억."

화무린이 짧게 트림을 하고 자리에서 일어났다.

'설마 그 짧은 시간에 이 많은 음식이 사라질 줄이야.'

독고진은 화무린을 힐끔 쳐다봤다.

설마, 저렇게 예쁘장하게 생긴 소저가 이 많은 걸 다 먹었을 리는 없고, 모용수미는 체구가 작아서 먹어 봤자 티도 잘 나지 않을 것이 분명했다.

독고진은 조용히 입가를 훔치고 있는 남궁현승을 쳐다봤다.

"난 아니다."

독고진이 어떠한 의도로 자신을 쳐다봤는지를 알아차린 남궁현승이 미리 말했다.

풍일도 자신의 앞에 무슨 일이 벌어졌는지를 깨닫고 주방 쪽을 바라보며 급히 소리쳤다.

"주방장. 여기 음식 좀 더 내다 주시게."

뎅뎅뎅!

말이 떨어지기가 무섭게 점심시간을 끝내는 종소리가 들려왔다.

"끄응."

독고진과 풍일은 신음성을 터트릴 수밖에 없었다.

휘이이익—!

잠깐 시간을 내서 뒷산으로 올라온 화무린은 주위에 아무도 없음을 확인하고 나지막이 휘파람을 불렀다.

그러자 잠시 후, 하늘 위에 새 한 마리가 선회하더니 화무린을 향해 곧장 쏘아져 내려왔다.

"이 근방에 있었더냐?"

끄덕끄덕.

금아는 마치 사람 말을 알아듣기라도 하는 것마냥 고개를 끄덕였다.

확실히 똑똑한 놈이었다.

화무린은 금아의 다리에 매달려 있는 통의 뚜껑을 열어 조금 전 서재에서 본 암호를 종이에 옮겨 적고는 그것을 뚜껑 안에 집어넣었다.

"이것을 전해 주렴."

끄덕끄덕.

푸드드득—!

금아가 날갯짓을 하더니 하나의 점이 되어 순식간에 시야에서 사라졌다.

❖ ❖ ❖

"아흠, 잘 잤다!"

당문화가 기상하는 시간은 이른 새벽.

그녀의 하루는 기지개를 피는 것부터 시작했다.

일어나서 이불을 개고 세수를 했다.

세수를 하는 데까지 걸리는 시간은 꼭 일각.

그다음 그녀는 옷을 갈아입었다. 그녀는 수수한 옷보다는 화려한 무늬가 들어가 있는 값비싼 옷을 선호했다.

어려서부터 무공을 익혀서인지 몸매는 호리호리하니 잘 빠진 체형이었다. 바꾸어 말하자면 가슴이 조금 빈약한 편이었다. 하지만 아직은 성장기이니 더 클 수 있음을 감안하자면 몸매는 꽤 좋은 편에 속했다.

그녀는 침대 위에 앉아 정좌를 한 자세로 내공심법을 운영하여, 내공을 일주천시키고, 이른 아침을 먹은 다음 변소에 갔다.

방이 텅 비어 있는 시간.

화무린의 몸놀림이 빨라지기 시작했다.

다른 이들은 아침밥을 먹고 아직 들어오지 않았고, 당문화는 화장실에서 볼일을 보고 있는 중이다.

호위를 할 때 가장 중요한 것은 대상의 일거수일투족을 살피는 것은 물론, 하루의 일과, 습관, 심지어는 매일 무슨 색깔의 속옷을 입었는지 알 수 있을 정도가 되어야 한다.

만일 누군가가 그녀를 죽이고자 마음먹었다면 그 또한 당문화를 며칠 동안 관찰한 다음, 허점을 노리고 습격할 것이 분명했다. 그래서 호위를 할 때는 암살자의 시선으로 바라보면서 대상자가 어느 때 가장 무방비 상태에 놓이는가를 알아내는 것이 가장 중요하다.

"몇 가지 옷과 서적, 그리고 속옷."

화무린이 속옷 하나를 집어 들었다. 한 줌도 안 돼 보이는 붉은색 속옷이었다. 비단으로 만든 재질인지 촉감이 무척이나 부들부들하다.

조사를 위해서라지만 여자 속옷이나 뒤지고 있는 자신의 모습을 보자니 괜스레 변태 짓을 하고 있는 듯 한 느낌이다.

"이건 어디까지나 일을 위해서야. 암. 그렇고말고!"

화무린의 눈매가 반달 모양으로 일그러졌다.

웃음을 참기 위해 애쓰고 있는 것이 분명했다.

이러한 작업은 생각보다 중요하다.

대상자의 취향이나 심리상태 등을 알아내는 것은 호위 일의 기본 중의 기본이다. 대상자의 심리상태가 뒤죽박죽

이거나 변태적인 취향을 가진 자라면, 돌발 행동을 할 가능성이 많기에 호위의 일은 더욱더 힘들어진다. 그래서 사전에 미리 그러한 것들을 조사해 놓으면 앞일을 예측하는데 많은 도움이 된다.

누군가 계단을 밟고 올라오는 소리가 들렸다.

화무린은 재빨리 소지품을 원래대로 놓고, 몸을 날렸다.

일정한 발자국 소리, 두 걸음을 떼어 놓을 때마다 반 호흡씩 내뱉는 독특한 호흡.

틀림없는 당문화 그녀였다.

그녀가 방 안에 들어와서는 뒹굴뒹굴 거리고 있는 화무린을 보고 인사를 건넸다.

“어머, 언니 생각보다 게으르다. 세수도 안 했어요?”

화무린은 자신의 침대 위로 몸을 날린 채 인사를 받았다.

“볼일 보고 왔어?”

“네.”

“그래?”

화무린이 그녀의 인사를 받는 둥 마는 둥 하면서 빠르게 방을 나선다. 그녀가 볼일을 보는데 걸린 시간은 일각 정도.

남자에 비해 여자는 변소에 들어가면 시간이 더욱더 걸린다. 바지만 내리고 볼일을 보면 되는 남자들에 비해, 여자들은 변소에 들어가면 옷고름을 푸르고, 치맛단을 풀러 그것을 옷걸이에 걸어 두어야 한다.

아니면 바닥에 치마가 쓸려 본의 아니게 변소 바닥 청소를 해주게 된다. 속옷도 취향에 따라 완전 탈의를 하는 경우가 생기는데, 그럴 경우에는 시간이 더욱더 걸리게 된다.

화무린이 변소간의 문을 열자 지독한 냄새가 코를 찔렀다.

남자나 여자나 신체의 외형만 다를 뿐. 배변 냄새가 지독한 것은 매한가지다.

여자의 배변은 냄새가 안 날 것 같다는 생각은 지극히 변태적인 사고방식이다. 음식물을 먹고, 그것이 분해되어 장에 쌓여 있는 것이 나오는 게 배변인데, 그것에 남녀의 차이를 둘 수 없는 것은 당연한 노릇이다.

화무린은 변소간의 천장, 벽, 바닥을 꼼꼼히 검사했다.

청부살인을 주업으로 하는 이들이 가장 선호하는 방법은 잠든 사이에 창문을 통해 저지르는 살인이고, 두 번째가 독살이다. 하지만 대상자가 호위를 두거나 독에 대한 대비가 철저한 무림 고수일 경우 위의 방법은 잘 통하지가 않는다.

그래서 암살자들이 많이 쓰는 방법이 바로 변소간에 매복해 있는 것이다.

남녀노소, 무공 고하를 막론하고 사람이라면 하의를 벗고 배설을 하는 순간 주위에 대한 경비가 가장 느슨해지고, 몸의 반응속도가 저하되기 마련이다.

그 순간 암살자들은 변소간 아래에 숨어 있다가 경계가 가장 느슨해지는 배설이 순간을 틈타 대상자를 죽이는 것이다.

이 방법은 상당히 고전적이지만, 가장 확실하기도 했다.

다만, 한 가지 단점이 있다면 죽이고자 하는 이가 규칙적으로 변소를 가야만 하고, 숨어 있는 암살자가 극도로 훈련된 이가 아니라면 힘들다는 점이다.

변소 아래에 숨어 있자면 자연히 인분이 쌓여 있는 웅덩이에 몸을 담구고 있어야 하는데, 인분의 독기는 생각보다 지독하고 냄새도 고약하여, 제정신을 가진 이라면 반나절도 그 안에서 버티고 있기 힘들었다.

그래서 예전에는 암살자들이 인분 냄새에 취해 그 안에서 질식사하는 경우도 종종 나오기도 했다.

요즘에는 살막에서도 잘 쓰지 않는 방법 중 하나였다. 구멍이 난 아래까지 샅샅이 훑어본 화무린이 중얼거렸다.

"흠. 이상 없군."

방으로 다시 들어오면서 가장 먼저 보이는 것은 모용수미와 함께 수다를 떨고 있는 당문화의 모습이었다.

수다를 떠는 그녀의 모습은 평범하기 그지없었다.

평범한 옷에 조금은 뛰어난 무공 수위. 얼굴은 조금 예쁘장한 편이었지만, 성격은 제멋대로인 당문 아가씨.

어떻게 보면 대단하기도 하지만, 이렇게 보니 평범하기 이를 데 없는 그저 그런 열여섯 살의 소녀.

도대체 무슨 일이 벌어지려기에 삼 년 동안이나 그녀를 지켜야 하는지 화무린은 도통 이유를 알 수가 없었다.

"하긴 내가 그걸 알아서 뭐하냐. 나야 일에만 충실하면 되지."

중얼거리는 소리를 들었는지 당문화가 물어 왔다.

"언니 지금 뭐라고 하셨어요?"

"내가?"

"아니에요?"

조그마한 게 귀는 더럽게 밝은 편인가 보다.

내친김에 한번 물어나 볼까?

“너 혹시 누군가에게 생명의 위협을 느낀 적 있어? 죽을 뻔한 위기나 뭐 그런 거.”

당문화가 고개를 내저었다.

“아니요.”

“그러면 누구한테 원한을 진 일은?”

“그런 일은 셀 수도 없이 많죠. 그런데 그것은 왜요?”

당문화가 돌연 옷을 갈아입으려고 옷고름과 띠를 풀었다.

웃옷이 바닥으로 흘러내리며 쇄골과 어깨, 그리고 배를 고스란히 노출시켰다. 붉은색의 가슴가리개만이 중요한 부분을 가리고 있었다. 어려서부터 무공을 쌓아서인지 불필요한 군더더기 살은 보이지 않았고, 균형 잡힌 몸매가 고스란히 노출되었다.

목에는 봉황이 그려져 있는 불그스름한 옥패를 걸고 있었는데, 신기하게도 그것은 정확하게 절반이 쪼개져 있었다.

얼떨결에 그녀의 속살을 보게 된 화무린이 화들짝 놀라며 고개를 돌렸다.

"아, 씨발! 깜짝이야!"

덩달아서 방 안에 있던 그녀들도 놀라며 물었다.

"왜 그래요?"

화무린은 자신이 너무 과잉 반응을 보였다는 것을 깨닫고는 반사적으로 한쪽 구석을 가리키며 말했다.

"저기, 저기! 지금 바퀴벌레가 지나갔어!"

"바퀴벌레요?"

당문화가 옷을 갈아입다 말고 침대 옆에 놓아 준 암기를 손에 쥐며 외쳤다.

"어디요? 어디?"

어려서부터 온갖 독충을 보고 만지며 자란 당문화은 바퀴벌레 따위는 단숨에 꿰뚫어 버릴 심산으로 출수할 준비를 하며 두리번거린다. 하지만 애초에 존재하지도 않았던 바퀴벌레가 눈에 띌 일이 만무하다.

모용수미가 뜬금없이 물었다.

"그런데 방금 전에 남자 목소리가 들리지 않았어요?"

"남자 목소리?"

그러고 보니 화무린은 조금 전 자신의 안면근육이 조금 당겨 왔음을 상기시켰다. 깜짝 놀란 나머지 진기의 흐름이 잠시 끊어진 모양인데, 그로 인해 변체환용술이 풀릴 뻔했나 보다. 아마도 그 때문에 자신의 목구멍에서 남자 목소리가 튀어 나간 모양인데, 다행히 그것을 눈치챈 이는 없었다.

'하마터면 큰일 날 뻔했네. 앞으로는 조심해야겠다.'

화무린이 시치미를 딱 떼며 대답했다.

"아니, 전혀 못 들었는데?"

모용수미가 고개를 갸우뚱거렸다.

"이상하네. 분명 들은 것 같았는데."

"언니, 바퀴벌레 없는데요?"

당문화가 암기를 슬그머니 내려놓았다. 그리고는 하의를 마저 탈의하려고 하자 화무린은 화들짝 놀라며 아예 이불 속에 얼굴을 묻어 버렸다.

성격이 표독스러워서 그렇지 당문화는 얼굴도 제법 예쁜 편이었고, 몸매도 훌륭했다. 게다가 자세히 보니 귀여운 구석도 있는 것 같고.

당문화의 속살을 보고 싶은 마음은 굴뚝같았지만 지금 그녀의 벗은 몸을 본다면 평정심을 유지할 수가 없어 변체환용술이 풀릴지도 몰랐다.

화무린이 진탕되는 마음을 가라앉힌 채 소리를 빽 질렀다.

"야! 너는 다 큰 게 어디서 옷을 훌렁훌렁 벗어?"

당문화가 오히려 이상하다는 듯이 되물었다.

"어머, 여자들끼리인데 무슨 상관이에요? 언니는 옷 안 갈아입어요? 언니, 설마……?!"

당문화가 미심쩍다는 표정으로 이불에 둘둘 말려 엉덩이만 빼쭉 튀어나와 있는 화무린을 쳐다봤다.

'설마, 뭐?! 혹시 내가 남자라는 것을 알아차린 걸까?'

화무린이 조마조마한 심정으로 뒤에 이어질 말을 기다렸다.

당문화가 의미심장한 웃음을 지으며 입을 열었다.

"언니 바퀴벌레가 또 나타날까 봐 무서워서 그러는 거죠?"

뭐야, 그런 거였어?

"으, 응? 마저! 난 바퀴벌레가 세상에서 제일 무서워!"

화무린이 아무리 청부업으로 닳고 닳은 무림인이라고 하지만 나이는 열일곱 살에 불과한 소년이 아니던가? 여자 경험이 있다고는 하지만 그것은 무공의 습득을 위해서였을 뿐, 실상 정말로 관계를 맺어 본 적은 한 번도 없었다.

이제 한참 피 끓어오를 나이에 당문화 같은 여인이 옷을 거침없이 벗고 있으니 아무렇지 않다고 한다면 그것이 오히려 이상했다.

'이건 죄악이야. 죄악!'

반사적으로 눈을 가리긴 했지만, 궁금한 것은 궁금한 것이다. 보고 싶다는 마음과 보지 말아야 한다는 마음이 서로 교차되면서 화무린은 이율배반적인 모습에 빠져들고 말았다.

'으으……'

마침내 결단을 내린 화무린은 마음을 가라앉힌 채 꼼지락되면서 이불을 슬그머니 들췄다.

하지만 당문화는 이미 옷을 다 갈아입은 상태로 의자에 앉아서 동경을 들여다보고 있었다. 왠지 모를 한숨이 튀어나왔다.

"휴, 뭔가 아쉽네. 쩝."

화무린이 입맛을 다시며 지금의 심경을 표현했다.

"네? 뭐가요?"

"아니. 그런 게 있어. 그보다도 목걸이를 걸고 있었는데. 그것 좀 보여 줄 수 있어?"

"어머, 그건 또 언제 봤대요?"

"조금 전에 봤잖아. 이 노출증 환자야!"

"나 참, 누가 누구 보고 노출증이래. 수미 말 못 들었어요? 언니는 잘 때 막 벗고 자거든요?"

당문화는 투덜거리면서 목에 걸고 있는 목걸이를 풀어 내밀었다.

"자요."

화무린이 손을 내밀어 옥패를 받아들어 찬찬히 그것을 살폈다.

옥의 재질은 백옥.

그것도 최상급이었다.

이 정도의 최상급 백옥이 생성되는 곳은 대륙 지방에서도 흔하지가 않다.

더군다나 옥에 새겨져 있는 반쪽짜리 봉황은 음각의 기법으로 그려져 있었는데, 한 치의 두께도 틀림없이 일정하게 봉황의 그림을 유지한 채 그려져 있었다.

최상급의 백옥을 이렇게 정밀한 두께로 파내고 그림을 그려 넣으려면 조각 기술뿐만이 아니라 일정 수준에 이르는 내공도 필요하다.

화무린이 아는 자 중, 이런 조각술을 펼칠 수 있는 자는 딱 한 명이 있었다.

십장선생 조일학!

어느 날 그가 담벼락에 십장생을 그렸더니, 그 동물들이 살아 움직여 하늘로 날아갔다고 하여 붙어진 별호.

한 가지 흠이 있다면 그는 여자를 상당히 밝혔는데, 듣는 바에 의하면 고관대작의 첩실에게 손을 댔다가 병사들에게 쫓기는 신세가 되었다고 알려져 있다.

"상당히 예쁜 옥패이네. 어디서 났어?"

"당학련 할아버지께서 태어날 때 선물로 주셨대요."

"그런데 원래 반밖에 없었어?"

"네. 반밖에 없으니까 뭔가 있어 보이죠? 헤헷!"

"나머지 절반은 어디에 있어?"

"글쎄요. 한 번도 생각해 보지 못했는데요? 아마도 할아버지한테 있겠죠?"

"흐음. 그래?"

옥패의 단면은 검기로 인해 잘려 나간 것으로, 반듯한 모양이 아닌 갈지자의 모양으로 되어 있었다.

이것은 필시 옥이 깨어질까 봐 옥의 단면을 보고 자른 모양인데, 이렇게 작은 옥의 단면만을 볼 수 있는 자라면 최소한 일류급. 하지만 그것을 그 단면을 따라 검을 휘둘렀다는 것은 초절정에 이르지 못한다면 불가능한 일이다.

당학련이 직접 한 일일 수도 있었지만, 그가 그럴 일을 할 이유는 없었다. 아마도 누가 당문화의 신분을 나타내 주는 증표로 옥패를 잘라서 걸어 준 모양인데…….

초절정고수라면 무림에서 활동하는 이로만 추슬러도 백 명이 넘는 숫자. 은거고수나 알려지지 않는 이까지 합친다면 아마 그 숫자는 천 명이 가까울 것이다. 그 많은 인원들을 일일이 조사하여 당문화와의 관계를 찾아낸다는 것은 불가능에 가까웠다.

'결국 조일학을 찾아야 하나?'

"언니 무슨 생각을 그렇게 골똘히 해요?"

"응? 아냐 아무것도."

화무린이 옥패를 되돌려 주자 당문화가 그것을 다시 목에 걸었다.

제6장

화무린 사고 치다!

무림학관 내의 교관들은 전부 일류급 이상들의 무인들로만 구성되어 있다.

교관의 임기 기한은 딱히 정해지지 않았으나, 십오 년 동안 아이들을 훈련시키는 교관 역할을 해온 이도 있었고, 아직 수개월밖에 되지 않은 교관도 있었다.

교관이 되기 위해서는 신분이 명확해야 하고, 무공 수위가 일류급 이상이어야 하며, 가문의 추천장이 있어야 했다.

아이들을 가르치는 일인 만큼 그에 못지않은 명성이나 덕망도 있어야 하는데, 관주와 각 당주들은 그런 자들을 선별하는 일을 맡아서 하고 있었다.

허나, 드물게 예외도 있으니 그것은 바로 무림맹에서 추천장을 받아 온 이들이었다.

이들은 무림맹의 실세라는 원로들에 의해 직접 추천된 자들이라 관주와 당주들이 거부할 수가 없었다.

무림학관을 운영하는데 지원되는 운영비는 무림을 지탱하고 있는 대, 소문파들에 의해 모금되지만, 원로원의 재가가 이루어져야지만 그 돈이 지원되기 때문이다.

운영비의 액수를 결정하는 것도 원로원. 자연 그러다 보니 관주와 당주들은 맹의 원로원들의 눈치를 볼 수밖에 없는 실정이었다.

가끔씩 그렇게 낙하산 인사가 이루어졌지만, 그것을 드러내고 불만을 표시하는 이는 없었다. 추천받은 사람의 평판이 썩 좋지 않더라도 말이다.

파황부 출신의 연창이라는 교관이 바로 그러한 유형이었다.

현 파황부의 부주의 사제인 연창은 무림에서 차지하는 배분과 실력이 결코 낮지가 않았다. 창을 즐겨 쓰는 이로 일곱 가지 초식으로 이어진 연환창술을 즐겨 쓰며, 손속이 제법 매섭고 잔인하여 귀살창이라는 별호까지 가지고 있었다.

그는 작년에 원로원의 추천장을 받아 무림학관 내의 교관직을 맡고 있었으며, 신입생들의 대련 훈련을 맡고 있었다.

대련이 주로 이루어지는 오후 시간.

연무장 가운데에는 교관 연창과 남자 신입생이 무기를 꼬나 쥔 채 서로를 마주 보고 있었다.

무림학관은 학생들끼리의 대련은 교칙으로 엄히 금하고 있다. 자칫 젊은 학생들이 혈기를 누르지 못하고, 상대에게 부상을 입힐 수도 있기 때문이다.

더군다나 정파와 사파의 후기지수들이 한 대 모여 있는 공간이다 보니, 공공연히 파끼리의 신경전이 벌어지기 마련이었다.

자칫 대련을 핑계로 얽힌 은원을 해결하려던가, 보복을 하려던 이들이 심상치 않게 있어서, 그러한 것을 미연에 방지하고자 만든 교칙이었다.

그렇다고 무림인에게 비무나 대련을 무작정 못하게 할 수는 없는 노릇이다.

무공은 자신과의 싸움이라고는 하지만, 그 본질은 상대방을 제압하는 것에 있기 때문이었다.

그러기 위해서는 가장 중요한 것이 바로 실전의 경험이다.

사람의 움직임은 때와 장소에 따라 시시각각 변화하기 마련인데, 그러한 유동적인 움직임을 따라가기 위해서는 그에 걸맞는 실전 경험이 많이 필요했다. 그러한 경험을 토대로 자신의 문제점을 찾을 수 있고, 또 그것을 보안해 나가는 과정에서 정신적으로, 육체적으로 성숙해지며 무공의 완성도를 높일 수 있는 것이다.

그래서 일학년들의 교육과정 중에는 교관들과의 대련을 통해서 실전 경험을 쌓는 교육이 있었다.

삼학년이 되면 같은 학년들끼리의 대련이나 비무가 가능하기에, 그러한 규칙에서 자유로울 수 있었으나 신입생들은 비무나 대련을 하고 싶으면 교관을 통해서만 해야 했다.

"크하하하하! 그렇게 패기가 없어서 어디다 쓰겠느냐. 차라리 검보다는 몽둥이를 들고 다니는 편이 너한테 잘 어울리겠구나."

연창의 목소리가 연무장에 쩌렁쩌렁하고 울려 퍼졌다.

목소리에는 조롱의 뜻이 가득 담겨져 있는데, 교관의 신분으로 학생들에게 할 법한 소리는 아닌 듯싶었다.

맞은편에는 검을 쥔 채 바닥에 쓰러져 있는 남학생이 보였다. 신입생으로 보이 것이, 얼굴이 앳된 것이 고작해야 열여섯, 일곱 살쯤 되어 보였다.

그의 입에서 분한 듯 볼멘소리가 터져 나왔다.

"크흑! 교관님! 이건 너무하시는 것 아닙니까?"

"무엇이 말이더냐?"

"저는 고작 열여섯 살밖에 안 됐습니다. 교관님에게 지는 것이 당연한 것 아닙니까?"

"당연하다라……."

연창이 남학생에게 창을 겨누며 말했다.

"이건 지고 이기고의 문제가 아니다. 나는 너의 근성에 대해 지적하고 있는 것이다! 너의 사부가 그러한 것도 가르쳐 주지 않았더냐?"

연창의 상대는 무당파 출신의 일학년생이었다.

사부를 운운하자 소리를 빽 하니 질러 대며 검을 쥐고 연창을 향해 휘둘렀다.

"저의 사부님을 욕되게 하지 마십시오!"

휘휙—!

그가 휘두른 검은 안타깝게도 허공만 가로지를 뿐이었다.

연창은 그의 공격을 연거푸 피해 내고는 창 자루로 그

의 등판을 사정없이 후려쳤다.

퍽—!

남학생이 그대로 바닥 위로 꼬꾸라졌다.

이것은 대련이라기보다는 농락에 가까웠다.

그 모습을 보고 학생들이 수군거렸다.

"이거 장난이 아닌데? 너무 심하게 하는 거 아니야?"

"그러게 말이야. 교관이라면 학생들을 지도해 줘야지. 저렇게 일방적으로 몰아붙이기만 해서 훈련이 되겠어?"

"왠지 무섭다. 저 교관."

연창이 학생들을 보고 코웃음을 쳤다.

"흥! 너희들도 무림에 발을 들여놓은 이상 언젠가 패배의 쓰라림도 있을 터. 그것을 미리 맛보여 주는 것이 진정한 스승의 도리가 아니고 무엇이겠느냐? 참다운 무인이 되기 위해서는 어려서부터 이러한 패배의 쓴맛을 보는 것도 중요하다. 그래야 자기 자신의 수준을 깨닫고, 그것을 극복해 내고자 절치부심 같은 노력으로 훌륭한 무인으로 성장할 수 있는 법이다. 이것이 바로 약육강식의 세계에서 생존하는 사파의 방식이다!"

분명히 틀린 말은 아니다.

하지만 일학년생들에게 그의 방식을 강요하기에는 문

제가 있어 보였다. 더군다나 그는 주로 정파인들 만을 골라 이런 식으로 골탕을 먹였는데, 특히나 여학생들에게 그 짓궂음의 정도가 더욱 심했다.

초식을 봐준다는 핑계로 여학생들의 몸을 쓰다듬거나, 뒤에서 안는 경우도 종종 있어 작년 한 해 동안 많은 구설수에 시달려 왔었다.

헌데, 신입생들이 들어오고 나니 그들에게 똑같은 짓을 다시 하고 있지 않은가?

그 모습을 한쪽에서 지켜보고 있던 화무린이 중얼거렸다.

"쓰레기 같은 놈이군. 저런 놈이 교관이라니."

그 옆에서 설화연이 동조한다는 뜻으로 고개를 끄덕였다.

"작년에도 대단했대요. 이학년 선배들이 가르쳐 줬어요. 절대 저자와는 상종하지 말라면서."

"그래? 그런데 안 잘리고 계속 교관 짓을 하고 있어?"

"듣기로는 원로원을 통해서 낙하산으로 들어왔나 봐요. 그래서 학관 내에서도 저자의 행패를 알면서 모른 척 넘어가 주고 있는 실정이래요."

"참나, 학관 운영 꼴이 말이 아니군."

"그러게 말이에요."

그 말을 듣고 있던 연창이 창끝을 화무린에게 겨누며

말했다.

“거기, 그쪽에서 수다 떨고 있는 녀석들!”

“네? 무슨 일이시죠?”

“듣자 하니 내 이야기를 하고 있는 것 같아서 말이지.”

“설마요.”

화무린이 손사래를 쳤다.

연창이 다시금 물었다.

“내 이야기가 아닌 거 확실하냐?”

“그럼요. 교관님이 원로원 낙하산이란 걸 아는데 저희들이 어찌 교관님의 험담을 하겠어요? 괜히 그러다가 눈밖에 나서 퇴학이라도 당하면 어떻게 해요. 안 그래요?”

연창은 아무 생각 없이 고개를 끄덕였다.

“그럼, 아무려면 내가 낙하산인데… 뭐, 뭐야! 지금 뭐라고 그랬어?!”

“킥킥.”

주위에서 입을 막고 웃는 소리가 들렸다.

연창은 얼굴까지 붉어졌다.

“으드득, 이것들이 오냐오냐해 줬더니 나를 가지고 놀려고 드는군. 신입생 주제에 말이지.”

연창이 화를 내자 그 기세가 사뭇 사나워졌다.

"내가 왜 귀살창으로 불리는지 알려 주마. 너!"

화무린을 가리키며 말했다.

"앞으로 나와라. 내가 한 수 지도해 주지."

연창은 눈동자를 굴려 화무린의 얼굴과 몸을 훑었다.

얼굴은 흠잡을 데 없는 미색이요, 몸매 또한 빠지지 않는 일품이니 어딜 가도 보기 힘든 천하절색임에 분명했다.

연창은 이런 학생이 자신의 앞에 나타난 것을 하늘에 대고 감사드렸다.

어느샌가 화무린을 쳐다보는 그의 눈 깊숙이에는 음탕함이 번들거리고 있었다.

"저를요?"

"그래, 너 말이다!"

"저를 왜요?"

"그걸 몰라서 묻는 거냐?"

"설마 신입생들이 교관님 험담 좀 했다고 삐쳐서 대련을 핑계 삼아 보복을 하시려는 건 아니시겠죠? 그것도 여자한테?"

"크크크, 고년 입담이 제법이구나."

연창은 재미있는 듯 웃음을 지었다.

주위에서는 그걸 보고 있던 남자들이 야유를 보냈다.

"우우. 교관님 너무한다."

"저질이다."

여자들도 대놓고는 말하지는 않았지만 은근히 화무린을 응원하는 시선을 보냈다.

그 모습을 보고 연창이 주위에 대고 소리쳤다.

"닥쳐라!!!"

그 서슬 퍼런 기세에 야유를 보낸 학생들이 입을 꾹 다물었다.

그리고는 화무린에게 물었다.

"신입생. 너의 이름이 무엇이냐?"

"화무린입니다."

"좋다. 화무린. 너의 이번 학기 대련 평가 점수는 영점이다."

"왜 영점인가요?"

"그 이유는 상대와 대련도 하지 못할 만큼 네가 겁이 많아서겠지. 큭큭큭!!!"

유치하고 치졸하기 그지없다.

자신과 대련을 하지 않으면 영점을 주겠다는 협박이다.

하지만 연창은 정말로 그렇게 하고도 남은 사람이었다. 목적을 위해서는 수단을 가리지 않는 것이 연창 같은 이의 특징이었다.

일학년에서 이학년이 되기 위해서는 기준 이상의 점수를 얻어야 하는데, 그 점수는 각 교관들이 점수를 매겨 평균을 내게 하는 것이 학점 점수가 되는 것이다.

만일 대련 과목에서 영점을 받게 된다면 평균 학점 점수는 많이 하락하게 될 것이다.

"하는 수 없군요. 그러면 한 수 지도받겠습니다."

"암, 그래야지. 크하하하!"

연창은 자신의 목적을 이뤘다는 것에 만족하며 크게 웃었다.

"신입생. 감히 나를 농락하다니. 각오는 되어 있겠지?"

"제 이름은 화무린입니다."

"크크큭. 좋다. 화무린! 앞으로 나서라!"

화무린이 한 발자국 나서자 연창도 한 발자국 나서며 말했다.

"무기는 적당한 것을 골라라."

연무장 한쪽에는 여러 가지 병장기가 진열되어 있었다.

화무린이 나열되어 있는 무기를 쳐다보고 있는데 누군가의 전음이 귓속으로 울려 퍼졌다.

—지금이라도 잘못했다고 빌면, 용서해 주지.

전음의 주인공은 연창이었다.

화무린은 시선을 무기에 두며 전음으로 대답했다.

—정말요?

연창은 의미심장한 웃음을 짓고 있었다.

—그건 네가 하기에 달린 일이겠지?

—무슨 꿍꿍이죠?

—큭큭, 오늘 밤 내 침소로 찾아오면 알려 주도록 하마. 너한테도 좋은 일일 테고. 나한테도 좋은 일이지. 이만하면 나쁘지 않은 제안 같은데… 어떠냐?

화무린은 대답 대신 병장기를 한번 훑더니 검을 골라 들었다.

대련용 검이라 예리함은 많이 떨어졌지만, 그럭저럭 쓸 만한 검이었다.

"이걸로 하겠습니다."

"……."

—그것이 네 대답이냐?

—…….

—큭큭, 후회하게 될 것이다!

연창이 호쾌하게 외쳤다.

"삼초식을 양보해 주지! 마음껏 덤벼라!"

"정말 그래도 되나요?"

"너 같은 애송이가 내 몸에 털끝 하나라도 건들 수 있을 줄 아느냐? 내가 바로 귀살창 연창이니라!"

"그래도……."

"어허! 잔소리 말고 어서 덤비래……. 헙!"

연창은 헛바람을 집어삼키며 몸을 재빨리 비틀었다.

꼭 한 푼의 차이로 검끝이 옆구리를 스치고 지나갔다. 만일 피하는 속도가 조금이라도 늦었다면 화무린의 검이 심장을 관통할 뻔했다.

식은땀이 등줄기를 타고 주르륵 흘러내렸다.

연창이 노여움에 소리를 버럭 질렀다.

"이노오오옴! 비겁하게 기습을 하다니!"

화무린은 이죽거리며 검을 겨눴다.

"기습도 실력이에요. 그것이 사파에서 가르치는 방법 아닌가요?"

화무린이 웃으면서 검을 고쳐 쥐었다. 그 웃음이 굉장히 사악해 보였다.

"이제 이 초식 남았습니다."

화무린은 검을 수직으로 겨누며, 또 한 번 쏘아져 갔다. 이번에는 갑작스런 기습이 아니었기에, 연창 또한 그에 대한 방비가 단단했다.

챙챙챙—!

화무린의 검이 머리와 어깨를 노리고 비스듬히 내려치는가 하면 어느새 등 뒤로 돌아서서 그 뒤를 잡았다.

연창은 자신의 창을 돌리며 그녀의 검을 힘겹게 막아냈다.

확실히 그의 창술을 대단했다.

하지만 어느 순간부터 그는 화무린의 움직임을 놓쳤고, 그 때부터는 순전히 감만으로 그녀의 검을 피해 내야 했다.

그는 내심 놀라움을 금치 못했다.

'뭐, 뭐야? 이런 검세는?!'

처음에는 우연이겠지 하던 생각이었다.

하지만 시간이 흐를수록 그의 생각은 점점 바뀌어졌다.

'어디서 이런 계집이 튀어나온 거야?!'

연창은 욕이 튀어나오는 것을 간신히 참았다.

그만큼 그녀의 검은 정확하고 매섭기 그지없어, 자칫하면 자신의 팔다리를 꿰뚫어 놓을 것만 같았다. 이것은 결코 일학년의 실력이 아니었다.

비록 자신이 삼초식을 양보해 준다고 하여 방어만을 목적으로 하고 있다지만, 실제로도 대련을 한다고 하더라도 쉽게 공격을 할 수 없을 만큼 그녀의 검술은 정교하면서도 정확하고 빨랐다!

피했는가 싶으면 어느새 검끝이 자신의 급소에 닿아 있었고, 그것을 피하면 어디선가 또 다른 검이 튀어나와 그를 위협했다.

정말이지 정신이 하나도 없었다.

'천하의 연창이 고작 일학년생의 검을 못 받아서 허덕이고 있다니!'

그런 그를 보고 약이라도 올릴 작정이었는지 화무린이 말했다.

"이제 일초식!"

화무린이 잠시 공격을 멈추자 여유가 생긴 연창이 외쳤다.

"이놈! 일학년 중에 너 같은 녀석이 있다는 소리는 못 들었다! 네놈 정체가 무엇이냐!"

피융—!

대답은 들려오지 않고 날카로운 파공성과 함께 검끝이 얼굴을 향해 쏘아져 왔다.

연창은 대경실색을 하며 그대로 몸을 눕히며 검을 피해 냈다.

화무린은 몸을 회전시켜 다리를 걸어 연창을 넘어뜨렸고, 연창은 그 자세 그대로 신형이 뒤로 넘어갔다.

연창이 몸을 일으키기도 전에 화무린은 허공으로 몸을 날리더니 그대로 천근추의 수법으로 발차기를 뿌려 댔다.

이것은 도저히 피할 방법이 없어 보였다.

연창은 몸을 일으키다 말고 그대로 발차기를 얻어맞았다. 얼굴과 가슴, 그리고 남자의 중요한 급소(?)를 연달아 가격당했다.

퍽, 퍽, 퍽!

연창의 눈알이 뒤로 뒤집어지면서 그대로 괴기스러운 비명음을 내질렀다.

"끄… 끄…아아악!!!!"

연창은 개구리 자세로 엎어져 사지를 부들부들 떨더니 입에 거품을 물고 그대로 혼절해 버리고 말았다. 그의 사타구니 부근에 붉은 점 하나가 찍히더니 그것이 점점 사방으로 퍼지기 시작했다. 처음에는 뭔가 싶어서 쳐다보던 이들도 그것이 피임을 확인하고 급기야 비명음을 내질렀다.

"까아아악!"

"무슨 일이냐?!"

비명 소리를 듣고 근처에 있던 교관 하나가 뛰어왔다.

그리고는 바닥에 혼절해 있는 연창을 발견했다.

"여, 연 교관! 정신 차리게!"

하지만 이미 혼절한 이가 대답할 수 있을 리가 만무하다. 그는 연창을 들쳐 업고는 신형을 날렸다.

아마도 방향을 보건대 의왕전으로 가는 것이 분명했다.

❖ ❖ ❖

"당 당주!!!!"

의왕전의 당기준은 다급하게 들려오는 목소리를 듣고는 고개를 돌렸다. 저 멀리서부터 누군가가 사람을 업고서는 곧장 뛰어오고 있었다. 아는 얼굴이다. 그의 신분이 교관임을 확인한 당기준이 물었다.

"무슨 일인가?"

당기준은 업혀져 있는 인물을 확인했다.

"아니, 이건 연 교관이 아닌가? 이 사람이 왜 이렇게 됐는가?"

교관이 눈짓으로 사타구니를 가리켰다.

"응?"

당기준은 연창의 사타구니 부근으로 흥건하게 물들어

있는 피를 확인했다. 그제야 사태의 심각성을 알고서는 다급히 말했다.

"어서 저쪽으로 눕히게. 어서!"

교관이 연창을 비어 있는 적당한 침대 위에 조심스럽게 내려놓았다.

연창은 여전히 의식을 잃은 채 혼절 중이었고, 사타구니에서는 여전히 피가 흥건히 배어 나오고 있었다.

"바지를 벗기게 어서!"

"예?"

"바지도 벗기지 않은 채 치료를 하란 말인가?"

그 말에 교관이 황급히 연창의 바지를 벗겼다.

당기준은 피가 더 이상 흐르지 않게, 점혈을 하고는 침통을 열어 사타구니의 주변에 침을 꽂아 넣었다. 잠시 시간이 지나자 더 이상 피는 흐르지 않았지만, 당기준이 보기에는 며칠 요양한다고 나을 상태는 아닌 듯싶었다.

"어떻습니까? 연 교관의 상태는?!"

"도대체 어떻게 된 건가? 이 사람이 왜 이 모양이 됐는가?"

"저도 자초지종은 잘 모르겠습니다. 혼절해 있는 것을 업어 왔습니다."

당기준이 상처 부위를 보면서 혀를 찼다.

"쯧쯧, 한쪽이 터졌군그래."

"예? 그게 무슨 말이신가요……?"

"말귀를 못 알아듣는구만. 불알이 터졌다고!"

"예에?!"

교관이 화들짝 놀라며 되물었다.

"그렇다면 남자 구실도 못한다는 말입니까?"

당기준이 고개를 좌우로 내저었다.

"치료를 한다면 가까스로 남자 구실은 하겠지만, 이래서는 병신 소리를 못 면하지. 안됐군그래."

"무슨 방법이 없겠습니까?"

"이럴 경우는 방법이 없네. 내 최선을 다해 보겠지만, 아마도 회생시킬 수 없으니 큰 기대는 말게."

◈ ◈ ◈

연창의 부상 소식은 무림학관 내에 파다하게 퍼졌다.

그 소식을 들은 무림학관 내의 수뇌부들이 긴급히 회의를 가졌다.

둥근 원형 탁자를 중심으로 각 당주들과 교관들이 빙

둘러앉아 있었으며, 그 중심에는 진상풍 관주가 있었다.

그는 당기준 당주를 곧장 쳐다보며 물었다.

"아니, 이게! 도대체 무슨 일입니까? 연 교관이 부상을 당했다니요?"

당기준이 수긍의 뜻으로 고개를 끄덕이며 대답했다.

"오늘 낮에 의왕전으로 실려 왔습니다."

"상태는요?"

"지금 회복 중에 있습니다만……."

당기준은 신음성을 내뱉으며 고개를 절레절레 흔들었다.

그 모습이 사뭇 진중한터라 진상풍 관주가 굳어진 표정으로 물었다.

"심각합니까?"

"목숨에 지장은 없습니다. 다만 남자 구실에 문제가 생겼습니다."

"예, 예?"

"한쪽이 터졌습니다."

"큽!"

그 말을 듣는 순간 동시에 신음성 소리와 함께 다급히 손으로 입을 막는 소리가 들렸다.

만일 부상을 당한 이가 연창이 아닌 다른 이었다면 다

른 반응이 나왔을는지도 모른다. 연창은 그만큼 무림학관 내에서 평판이 좋지 않았고, 그것은 당주나 교관들 사이에서도 마찬가지였다.

개중에는 그렇게 여자를 밝히더니 인과응보라고 생각하는 이도 있을 지경이었으니, 그의 평소 행실을 말하지 않아도 알 만했다.

하지만 그것은 어디까지나 개인 사생활의 문제.

연창이 무림학관의 교관직을 겸하고 있는 이상 그의 신변에 문제가 생긴 것은 무림학관의 일이었다.

쉽게만 생각할 수 없는 문제였다.

"허허, 대낮에 그것도 무림학관 내에서요? 도대체 그 흉수가 누구입니까?"

이번에는 다른 교관이 대답했다.

연창을 업고 의왕전까지 달린 교관이었다.

"화무린이라는 하는 소저입니다."

"화무린?"

"처음 듣는 이름이오만?"

무림학관에서 연창을 부상 입힐 만한 후기지수들을 한 번씩 떠올린 교관들은 화무린이라는 생소한 이름을 듣고 고개를 갸웃거렸다.

더군다나 남자도 아닌 여자라니?

연창을 부상 입힐 정도로 무공에 뛰어난 여자 학생이 무림학관 내에 존재했던가?

"이번에 신입생으로 들어온 일학년생입니다."

진상풍 관주의 얼굴근육이 꿈틀거린다.

어딘가 모르게 귀에 익은 이름이다. 그리고 그 이름이 자신이 알고 있는 화무린이라는 소저라는 사실을 상기시키는데 걸리는 시간은 금방이었다.

"혹시 철가장에서 온 화무린이라는 아이입니까?"

관주의 대답에 교관이 화색을 띠며 대답했다.

"예, 관주님도 아시는군요! 바로 그 소저입니다."

그 말을 들은 관주의 표정이 일그러졌다.

자신의 친우인 황오현 장로와 밀접한 연관이 있다는 그 소저의 정체는 진상풍으로서도 무척이나 궁금하던 찰나였다. 하지만 그의 부탁으로 그녀에 관한 관심을 애써 끊고 있던 중, 또다시 그녀에 관한 소식이 들려온 것이다.

진상풍 관주는 화무린에 대해 아무것도 모르고 있는 상태였다.

심지어는 얼굴조차도 몰랐다.

'화무린이라… 평범한 아이는 아닌 모양이군!'

그녀의 이름이 사람들에게 부각이 될수록 황오현 장로에게도 자신에게도 그다지 이득이 될 것 같지는 않았다.

진상풍 관주는 애써 담담한 표정을 지으며 다시 물었다.

"좀 더 자세히 말해 주시오. 그 아이가 뭘 어찌했기에 연창 교관의 거기(?)가 터졌다는 것이요?"

"저도 그 자리에 없었기에 자세히는 말씀드릴 수는 없으나, 그 자리에 있었던 아이들의 말로는 연창 교관과 그 학생이 대련을 했다고 합니다."

"대련이요?"

무림학관 내에서는 늘상 있는 일이었다. 교관이 학생들 상대로 대련을 하는 것은 훈련 일정에도 있는 내용이었고, 문제가 될 만한 일은 아니었다.

"대련을 했다면서 거기는 왜 다친 거요?"

"그게……."

교관이 우물쭈물하다가 입을 열었다.

"대련 도중 그 학생의 각법에 맞았다고 합니다."

그 말을 들은 이들은 놀라움을 금치 못했다.

"급습도 아니고, 대련이요? 정말로 연창 교관이 그 일학년생과 대련 도중에 급소를 다쳤다는 말이요?"

믿을 수 없는 일이다.

연창이 비록 무거운 창을 주무기로 이용하는 바람에, 동급 고수들에 비해서 몸놀림이 느린 편이기는 하나, 그렇다고 하더라도 그는 귀살창이라 명호까지 있는 일류급 고수다. 일류급 고수가 무림학관의 신입생의 각법에 의해 부상을 당했다고 한다면 누구라도 그 말을 쉬이 믿지 못할 것이다.

"말도 안 되는 소리! 지금 그 말을 우리더러 믿으라고 하는 소리요?"

여지껏 잠자코 앉아 있던 부관주 추일봉이 의자를 박차고 일어섰다.

그는 사파의 연합체라 불리는 사도련의 내당주로, 지금은 무림학관 내에서 부관주직을 맡고 있었다.

추일봉은 가진 바의 신분을 잘 이용할 줄 아는 자이며, 권력과 재물에 욕심이 무척이나 많은 자였다. 그가 무림학관의 부관주직을 이행하면서 모은 재물이 어지간한 장원 몇 채 값은 족히 될 것이다.

그는 누구보다도 연창에 대해 잘 알고 있었다. 같은 사도련의 일원이기도 했지만 연창의 뒷배경이라고 알려진 파황부의 부주와도 막역한 사이였기 때문이다.

연창이 무림학관 내에서 벌이는 짓들의 대부분은 추일

봉의 묵인 하에 이루어지는 일이라고 봐도 무방했다.

"그게……."

교관이 미적거리며 말을 이었다.

"제가 알고 있는 바로는 모두 사실입니다. 연 교관은 훈련 일정에 맞게 대련 지도를 했고, 그 도중에 화무린이라는 학생에게 급소를 맞았습니다. 이곳에 오기 전에 모두 확인한 내용입니다."

두 번이나 확인을 하였지만 추일봉의 얼굴은 쉬이 믿을 수 없다는 표정이었다.

아무리 그래도 그렇지 교관이 어떻게 학생을 지도하다가 부상을 입는다는 말인가?

추일봉이 생각하다 말고 흠칫거렸다.

뭔가가 떠오르는 것이 있었다.

"혹시 화무린이라는 아이의 미모가 빼어난 편이요?"

교관이 아는 대로 대답했다.

"빼어난 정도가 아니라 무림삼미와 견주어도 부족함이 없을 정도라고 합니다."

역시나… 그랬었구만!

그 말을 들은 추일봉의 눈살이 찌푸려졌다.

이제야 어떻게 된 영문인지 알 것도 같았다.

보다 마나 그 화무린이라는 아이의 미색에 눈이 뒤집혀서는 어떻게 한번 수작질 해 보려고 했나 보다. 그러다가 방심하고 있는 사이 공격을 허용했겠지. 운이 나쁘게도 하필이면 급소 부분을 다쳤고.

'쯧쯧쯧.'

추일봉이 가볍게 혀를 찼다.

무림학관 내에서 여자 학생들에게 지속적으로 치근대는 그의 행동은 알 만한 이들은 모두가 알고 있는 사실이었다.

실제로 그는 무림학관 내에서 여자 학생들과 관계까지 맺고 있다는 말이 나돌고 있었는데, 그것이 교관의 신분을 십분 이용하여 벌이는 행태라는 것을 추일봉도 잘 알고 있었다.

파황부에 있을 때도 연창은 쉴 새 없이 여 제자들에게 집적거리더니 개 버릇 남 못준다고, 여기 와서까지도 그 놈의 물건은 한시도 쉬지 않았나 보다.

마음에 들지는 않았지만, 어찌 됐던 연창은 자신이 뒤를 봐주고 있는 이들 중 하나.

파황부주의 관계를 생각하더라도 그냥 못 본 척 넘어갈 수만은 없는 일이었다.

"화무린이라는 아이의 본가가 철가장이라고 했소?"

"예, 그렇게 기록되어 있습니다."

"철가장이라……."

한 번도 들어 본 적이 없는 가문이다.

연창과의 대련에서 그에게 부상을 입힌 것은 뒷걸음질로 소를 잡은 격이라고 해도, 무림삼미와 견주어도 될 빼어난 미색에 무공도 범상하지 않은 수준이라면 어떻게든 소문이 났을 터인데 여지껏 한 번도 들어 본 적이 없다니 조금 이상했다.

추일봉이 장내를 훑어보며 물었다.

"혹시 여기에 모인 이들 중에 철가장이라는 곳에 대해서 들어 본 이가 있소이까?"

교관들과 당주들이 서로의 얼굴을 쳐다보며 고개를 슬며시 내저었다.

저들끼리 수군거리는 소리가 들려왔지만, 결론은 들어보거나 아는 이가 있다는 이는 한 명도 없었다.

옆에서 추일봉의 모습을 지켜보던 진상풍 관주가 이대로 두어서는 안 되겠다 싶었는지 슬며시 입을 열었다.

비록 일면식의 얼굴도 모르는 아이지만 황오현 장로와도 관계를 생각하자니 자연 팔이 안으로 굽어지는 것은 어쩔 수 없는 일이었다.

"허허, 부관주께서는 훈련 도중 생긴 일 가지고 너무 과민하고 생각하고 계신 것 같구려."

그 말을 추일봉이 맞받아쳤다.

"그냥 넘어가기에는 연 교관의 부상이 결코 작지가 않습니다. 그 가문의 가주에게 이 일을 엄히 따지고 배상을 받아야 합니다."

진상풍 관주를 포함한 몇몇 이들이 남모르게 얼굴을 찌푸렸다.

추일봉의 편협함을 모르는 것은 아니지만, 이렇게 공개 석상에서까지 대놓고 표현할 줄은 몰랐던 것이다.

학관 내에서 지도를 목적으로 하는 대련 도중 교관이 부상을 입었다고 하여, 그것이 어찌 학생의 책임이 된단 말인가? 오히려 교관의 부족함을 탓하며 학생을 독려해야 하는 것이 마땅한 일 아니겠는가.

아무리 무림학관이 썩었다고 한들 이것은 말도 안 되는 처사였다.

"그렇다고 화무린이라는 아이에게 모든 책임을 전가하는 것도 우스운 일이요. 훈련 도중에 생긴 사고이거늘 이 일을 어찌 학생과 그 가문에게 책임을 지라고 할 수 있겠소?"

"그러면 이것이 연 교관의 잘못이라는 겁니까?"

"내 말의 뜻이 그런 뜻이 아니잖소. 이런 일에 피해자니 가해자니 따지는 것은 우스운 일이라는 것이요. 더군다나 이 이야기가 밖으로 새어 나가기라도 해 보시오. 연 교관의 체면이 크게 손상되질 않겠소? 더 나아가서는 무림학관의 명성에도 누가 될 수 있을 것이고."

하나같이 맞는 말뿐이었다.

하지만 사람이 때로는 편협해지면 눈과 귀가 멀어지는 법이다.

지금의 추일봉이 딱 그러했다.

"그러면 관주님께선 어떻게 하시기를 원하십니까?"

"허허, 거참……."

진상풍 관주는 쓴웃음만 지었다.

엄밀히 말하자면 이것은 자신이 뭘 어떻게 하고 자시고 할 게 없는 일이었다.

신입생보다도 실력이 부족한 이들이 교관으로 있다면 어느 누가 무림학관에서 무공을 배우려고 들겠는가? 오히려 이것은 관주의 입장에서 보자면 소문이 나지 않도록 막아야 하는 일이었다.

"지금은 그런 것보다는 연 교관의 회복이 우선시 되어야 할 것 같소이다. 당분간은 연 교관의 경과를 지켜보도록 합시다."

"그러면 화무린이라는 아이는요? 이대로 내버려 두자는 겁니까?"

"그 아이는 내가 따로 만나 보도록 하겠소. 그런 다음에 차후에 다시 논의하도록 합시다."

❖ ❖ ❖

연창이 의왕전으로 실려 간 후, 화무린을 지켜보는 아이들은 물론, 삼백이호실 동기들의 눈에도 걱정스러움이 가득 묻어 나왔다. 연창을 혼내 준 것까지는 좋았으나, 그 뒤에 벌어질 일들이 걱정스러운 까닭이다.

하지만 정작 당사자의 얼굴에는 조금의 두려움도 깃들어 있지 않았다.

당문화가 뭔가 후련하다는 표정으로 화무린에게 물었다.

"언니, 이제 어쩌실 거예요?"

"어쩌자니 뭘?"

"연 교관을 건드렸으니 뒤탈이 생기지 않겠어요? 그걸 어떻게 무마할 거냐고요."

태평스러운 건지 아니면 자신감이 있는 건지 당문화는

도통 모르겠다는 표정을 지었다.

연창의 더러운 행태는 이미 무림학관 내에서 소문이 자자한데, 그러한 행태에도 불구하고 잘리지 않고, 버티고 있는 것은 바로 그가 파황부주의 사제이고, 부학관으로 있는 추일봉이 파황부주와 친분이 있어서였다.

그런 연창을 건드렸으니 차후에 연창이 어떤 식으로든 앙갚음을 하려 들 것이 분명했다.

당문화는 바로 그러한 점을 염려하고 있었다.

"오호, 지금 나를 걱정해 주는 거냐?"

화무린의 눈이 옆으로 가늘어지면서 당문화에게 대꾸했다.

"제가 언제 언니를 걱정했다고 그러세요! 그냥 한번 물어본 거예요!"

당문화가 새초롬한 표정을 지으며 소리를 버럭 질렀다.

치켜 올라간 날카로운 눈초리와 눈동자는 그녀의 성격을 고스란히 내비치는 듯하지만 그 속에 깃들어 있는 호의와 걱정스러움은 그녀의 진심이 엿보였다.

그녀의 진심을 읽어 낸 화무린이 잠시 웃음을 터트리며 입을 열었다.

사갈 같은 계집인 줄만 알았더니, 이제 봤더니 제법 귀여운 구석이 있질 않은가?

이래서 아직 애들은 애들이라고 하는가 보다.

"걱정 마라. 아무 일도 생기지 않을 테니까."

"정말요?"

이번에는 모용수미가 눈을 동그랗게 뜨며 묻는다.

모용수미 또한 연창에 관한 소문을 이미 접한 터라 내심 걱정이 되던 찰나였다.

"그래, 아무 걱정하지 마라. 이번 일 때문에 누구에게든 불이익이 생기는 일은 없을 터이니. 내 말 믿지?"

모용수미가 화무린을 올려다보며 배시시 웃었다.

어떠한 근거나 논리에 의해서 하는 말이 아니지만 기묘하게 믿음감을 주는 말이다. 모용수미는 신기하게도 그 말에 마음이 놓임을 느꼈다.

"헤헤, 전 언니 말을 믿어요."

움찔.

모용수미를 쳐다보고 있던 화무린의 몸이 움찔거렸다.

정말이지 천진난만하게 웃는 모용수미의 얼굴을 보자면, 모든 근심 걱정이나 불의의 마음이 한 번에 씻겨 나가듯 정화되는 것 같았다.

자신의 거짓된 모습이 투영되듯이 내비치는 게 마치

큰 죄를 짓고 있는 것 같은 기분에 화무린이 슬쩍 시선을 피하며 중얼거렸다.

"에휴, 죄를 짓고는 못산다고 하드만 그 말이 맞나 보네."

"네? 뭐라고요?"

무심코 튀어나온 말인데 혹시 들렸나?

화무린이 두 손을 내저으며 말한다.

"혼잣말이야 혼잣말. 그보다도 안 졸려? 벌써 해시가 다 되었는데 말이야."

"약간요."

"그래, 졸릴 때는 자는 게 최고지. 어서 자라."

"우웅, 조금 더 놀다가 자고 싶단 말이에요."

"애들은 빨리 자야 쑥쑥 크는 법이야. 어서 커서 언니처럼 되고 싶지 않아?"

모용수미는 화무린을 쳐다봤다. 얼굴도 예쁘고, 몸매도 들어갈 때는 들어가고 나올 때는 확실히 나온 구분되는 몸매를 훑어봤다.

여인이라면 누구라도 탐낼 만한 몸매!

그에 반해 자신은 영락없는 유아용 체형이다.

어려서부터 유난히 발육이 늦은 그녀였다. 또래를 보더라도 지금쯤이면 가슴이라도 조금 나와 줄 법한데 자신의 가슴은 밋밋하기가 그지없다.

모용수미가 반짝거리는 눈망울로 그녀를 올려다보며 물었다.

"일찍 자면 가슴도 커져요?!"

"물론이지."

"정말이죠?"

"나는 거짓말 같은 거 할 줄 모른다니까?"

둘의 대화를 보고 당문화가 어이없다는 표정을 지었다.

후후, 뭐 어때. 이런 선의의 거짓말은 서로를 위해 좋은 거 아니겠어?

제7장

화무린을 찾는 사람들!

다음 날, 화무린은 아침밥을 먹기 위해 숙소를 나섰다.

그 뒤를 당문화가 졸졸 쫓았다.

여기저기에서 둘을 쳐다보는 시선이 느껴졌다.

화무린과 마주친 아이들은 쉴 새 없이 그녀를 힐끔대고 있었고, 저들끼리 삼삼오오 짝을 지어 수군거리고 있었다.

"쟤야?"

"응, 아마 그럴걸? 당문화랑 같이 오는 걸 보니까 확실하네."

화무린이 말소리가 들려오는 방향으로 고개를 돌렸다.

화무린과 시선이 마주친 이들은 자신들이 언제 그랬냐는 듯이 고개를 다물고 모르는 척 딴청을 피웠다.

은연중에 자신의 이름이 거론되자 기분 나쁘다는 듯 당문화가 그들을 향해 쏘아붙였다.

"할 말이 있으면 와서 직접 하던가! 왜 이렇게 수군거려?!"

당문화가 얌전해질 때는 화무린 앞에 섰을 때만인가 보다.

그녀의 표독한 성격을 익히 알고 있던 아이들은 행여 그녀에게 해코지라도 당할까 봐 흩어졌다. 아마도 어제 일어났던 일 때문인가 본데, 무림학관 내에 소문이 벌써 쫙 퍼졌나 보다.

그 모습을 보고 화무린이 한마디 건넸다.

"놔둬. 애들이 다 그렇지."

"흥! 앞에서는 말도 꺼낼 용기도 없는 주제에 수군대는 꼴이라니! 제가 제일 싫어하는 게 바로 뒤로 호박씨 까는 거예요."

"혹시 나랑 엮이는 게 싫은 것은 아니고?"

당문화가 순간 멈칫거리더니 이내 입을 가리고 웃음을 터트렸다.

"호호호, 언니도 참. 제가 그럴 리가 있겠어요?"

확실하군. 멈칫거리는 것을 보니.

당문화는 행동이 너무 직설적이라 뭘 하든지 속이 훤히 다 보였다. 성격이 드센 탓에 내킨 대로 행동하고, 사고를 많이 쳐서 그렇지 이런 성격을 가진 이들이 믿는 이를 배신하던가 뒤통수를 치진 않는다.

아이들 사이에서나 성질 못되고, 표독스러운 거지. 자신이 볼 때는 보통의 아이들과 다를 바 없었다.

화무린이 피식하고 웃었다.

"그으래? 확실하지?"

"호호호. 언니도 참."

당문화 덕분에 자신을 쳐다보고 있던 시선도 많이 줄었건만, 따가운 시선은 여전했다. 화무린은 자신을 주시하고 있는 이들 중, 아직도 자신을 쳐다보고 있는 무리들을 향해 시선을 고정시켰다.

인원은 세 명.

화무린은 그들 중 가운데 있는 녀석을 주시했다.

제법 준수하게 생긴 얼굴이다.

하지만 눈빛이 마음에 들지 않았다.

자신을 은연중 내려다보는 시선. 그 시선에는 세상이

자기중심적으로 돌아가고 있다는 오만함과 고집이 내포되어 있었다.

녀석은 화무린의 시선을 피할 생각이 없다는 듯이 그녀의 시선을 담담히 받고 있었다.

둘 사이의 시선이 허공에서 얽혔다.

녀석의 입꼬리가 슬며시 올라가더니, 이내 옆에 있는 아이에게 뭐라고 수군거렸다.

뭐라고 그랬는지는 모르겠지만 그 사내아이는 고개를 끄덕이더니 곧장 화무린에게로 다가왔다.

"뭐야?!"

당문화가 먼저 물었으나 녀석은 당문화에게는 관심도 없다는 듯이 무심히 그녀를 지나쳐 화무린의 앞에 섰다.

"나는 파호영이라고 한다. 우리 대장이 너를 좀 보자는데 시간 좀 내줄 수 있나?"

"나?"

"그래, 네가 화무린이지?"

파호영?

처음 듣는 이름이다.

당문화가 고개를 가로저었고, 그것은 모용수미도 마찬가지였다.

사실 그녀들은 잘 모르고 있었지만 파호영은 무림학관 내에서 꽤나 유명한 놈이었다. 이학년생인 그는 마불문에서 인정받고 있는 제자로, 사파련주의 셋째 아들 막도위라는 녀석의 오른팔이었다.

"그런데 나한테 무슨 볼일이지?"

녀석은 자신이 무시당했다고 생각했는지 표정이 조금 굳어진 채로 말을 이었다.

"그거는 가보면 알겠지."

파호영이 자신의 뒤에 있는 인영을 힐끔거리며 대답했다.

누가 봐도 뒤에 있는 녀석에게 신경을 쓰고 있음을 나타내는 행동! 저 녀석의 대장이라는 녀석이 혹시 팔짱을 끼고 있는 저놈인가?

웃기지도 않았다.

"난 네놈 대장한테 별 관심이 없어. 그러니 가도 되지?"

"으, 응?!"

갑자기 녀석의 당황스러워하는 표정을 지었다.

그러다가 정말로 발걸음을 떼어 놓으려고 하자 그가 황급히 그녀의 앞을 막아섰다.

"이봐. 신입생! 너 우리 대장이 누군지 몰라서 그래?"

"응, 몰라. 말해 주지도 않았는데 그걸 내가 어떻게 알아?"

"흥, 그래?!"

녀석의 얼굴에 그럼 그렇지 하는 표정이 떠올랐다. 그 모습에는 네가 대장의 신분을 알고도 그렇게 뻣뻣해질 수 있는가 보자 하는 의미도 내포되어 있는 듯했다.

"우리 대장으로 말할 거 같으면……."

"됐다. 내 소개는 내가 직접 하도록 하지."

녀석이 말을 자르며, 화무린이 있는 곳으로 다가오더니 직접 자신을 소개했다.

"나는 막도위라고 한다. 사파연맹을 대표하는 사도련의 련주님이 바로 우리 아버지이시지."

"사도련?"

사도련이라면 무림맹과 마찬가지인 사파의 연합맹이 아니던가?

하지만 지금의 사도련은 무림맹과는 비교할 수 없을 정도로 무림에 막대한 영향력을 끼치고 있었다. 그 이유는 지금의 사도련주인 막도일 때문이었는데, 그는 명실공히 무림오대 고수 중 일좌를 차지하고 있는 강자였고, 뛰어난 장악력으로 세력을 늘리고 무수히 많은 가문들을 발 아래로 굴복시켰다.

사파들은 강력한 지도자인 막도일 아래에 일통돼 있는 반면, 정파들은 자기 가문의 이익을 위해 무림맹이라는 기치 아래 모여 있으니, 사도련의 성세가 드높아지는 것은 어쩌면 당연한 일인지도 몰랐다.

그 때문에 지금의 사도련은 역대 최고의 전성기를 맞이하고 있었다.

그런 대단한 사도련의 셋째 아들이라니.

아마 무림학관 내에서의 막도위의 영향력은 무림학관의 관주보다도 더 할런지도 모른다.

그런데 놈이 나한테는 무슨 볼일이지?

"학관 내에 떠도는 너에 대한 이야기는 들었다. 모처럼 만에 흥미가 일어서 찾아왔다. 들은 대로 꽤 예쁘게 생긴 얼굴이군. 당당한 성격도 마음에 들고. 듣자 하니 남궁현승 그놈과도 가깝게 지내고 있다면서?"

그 같은 말투에서 남궁현승에 대한 적의가 물씬 풍겨져 나왔다.

화무린은 비아냥거리는 그의 말투만을 듣고 그가 남궁현승을 적대한다는 것을 알아차렸다.

녀석의 시선이 화무린의 전신을 천천히 훑고 지나갔다.

얼굴에서 가슴, 그리고 허리를 지나 발끝까지.

그리고는 만족스러운 표정으로 고개를 끄덕였다.

'뭐, 뭐지? 저런 표정은?'

순간 화무린은 온몸에 소름이 돋는 듯한 착각이 일어났다.

'저 자식이 지금 변태같이 누굴 훑어보는 거야?!'

막도위에 관해서는 화무린도 들은 것이 있어 조금은 알고 있었다.

그는 아버지의 자질을 그대로 물려받아 대단한 무공기재이고, 영리하고 똑똑하여 후기지수 중 당연 발군의 실력을 가지고 있었다.

그 또한 후기지수 중에 으뜸이라는 삼룡 사봉의 일원이었는데, 광룡이 막도위를 지칭하는 수식어였다.

미친 용이라는 단어만큼 이 녀석과 잘 어울리는 별호도 없었다.

막도위는 남궁현승과 늘 같은 선상에서 비교되어 왔었다. 그래서 그를 지독히도 싫어했다.

그도 그럴 것이 둘은 정, 사파로 나뉘어져 있었고, 둘 다 같은 삼룡에 해당하는 수식어를 가지고 있고, 나이도 같았다. 사람들은 그런 둘을 때때로 비교해 가며 화두에 올리기를 좋아했다.

그의 광폭한 성격은 그 아비의 것을 고스란히 물려받았는데, 화가 한번 솟구치면 잔인하다 싶을 정도로 앞뒤를 가리지 않는다고 전해졌다.

녀석의 근본이 대단해서인지 아니면 어려서부터 저러한 교육을 받았는지는 모르지만 녀석에게는 정상에 군림해 본 자만이 가질 수 있는 위압감 같은 것이 풍겨 나왔다.

"가문이 철가장이라고 들었다. 내 말이 맞나?"

"맞는데 그게 무슨 문제라도 있어?"

철가장은 화무린의 위조된 가문이다.

괜히 마음 한구석이 찔리자 화무린이 발끈하며 물었다.

"들은 바에 의하면 그곳은 정파와 아무런 은원도 관계도 없는 곳이라고 들었는데, 정파 녀석들과 어울리는 것을 이해할 수가 없군. 정확히 말하자면 사파 쪽에 가까운 곳일 텐데 말이야. 혹시 놈들에게 약점이라도 잡혔나?"

아하, 그런 의도로 말한 것이었나?

하지만 화무린이 쉬이 대답하지 못하고 쭈뼛거렸다.

그동안 본의 아니게 오대세가와 엮이는 통에 어울리기

는 했지만, 녀석의 말대로 대부분의 가문들은 구파일방 쪽의 제자가 아닌 이상 사파 쪽과 연관이 있다고 봐도 무방했다.

물론 개중에는 중립을 지키는 가문들도 있었지만, 그런 문파들은 대부분 양쪽의 세력권에 끼어 이도 저도 못한 채 사라지는 경우가 태반이었고, 무림학관에 입학할 자격도 얻지 못했다.

무림학관에 입학을 할 정도의 신분이라면 철가장은 어떻게든 정파든 사파든 어느 한쪽과는 연관이 닿아 있을 터.

만일 철가장이 사파 쪽의 문파라면 자신이 정파 녀석들과 어울리고 있는 것은 이상하게 보일 법도 싶었다.

화무린은 거기까지 신경 쓰지 못한 자신을 질책했다.

설마 막도위 같은 이가 자신에게 관심을 기울일 줄 몰랐던 것이다.

"혹시 뭔가를 기대해서 정파 녀석들과 어울리는 거라면 내가 네 기대만큼 화답을 해주지. 그게 너한테도 좀 더 이로운 선택이 될 것 같은데?"

거들먹거리는 모양이 마음에 들지는 않았지만, 녀석의 말은 묘하게 설득력이 있었다.

막도위는 설마 내 제안을 거절하겠냐는 표정으로 오만하게 서 있었고, 그 양옆에 똘마니들은 길 잃은 승냥이처럼 주위를 두리번대고 있었다.

하지만 화무린은 다른 것은 모두 젖혀 두더라도 무림학관에 들어온 가장 큰 이유가 있다는 것을 녀석은 알지 못했다.

화무린이 당문화를 힐끔 쳐다보고는 말했다.

"아쉽지만 거절하도록 하지. 지금은 사정이 좀 있어서 말이야."

"사정?"

"말 못할 사정이지. 그러니 이쯤해서 관심 접고 헤어지자고."

순간 막도위의 옆에 있던 두 똘마니의 얼굴이 형편없이 일그러졌다.

이례 없이 자신의 대장이 직접 찾아오는 수고까지 했는데, 화무린이 제안을 거절할 줄은 몰랐던 것이다.

둘은 막도위가 폭발하겠구나 싶어 눈을 질끈 감으며, 그의 반응을 기다렸다. 하지만 봄날처럼 가느다란 훈훈한 목소리가 귓가에 간질이자 두 사람은 자신의 눈과 귀를 의심해야만 했다.

"아쉽군. 우리는 좋은 친구가 될 수 있을 줄 알았는데 말이야."

"대장?"

오히려 막도위의 모습에 옆에 두 녀석들이 놀라 소리쳤다. 자신이 알고 있던 대장은 이렇게 남의 말을 잘 들어주고 온화한 성격의 소유자가 아니었다.

상대의 약점을 알아내면 그것을 덮어 주기는커녕 어떻게 해서든 그걸 이용하여 이득을 취하려고 했고, 자신이 목적을 위해서라면 수단과 방법을 가리지 않는 비열하면서도 상당히 치사한 놈이었다.

그러한 것은 여자라고 예외를 두는 법이 없었다.

놀라서 어쩔 줄 몰라 하는 두 녀석을 보며 막도위가 등을 돌리며 말했다.

"가자."

그러고 나서 막도위가 정말로 걸음을 떼어 놓는 것이 아니겠는가?

"가자고? 정말 이대로?"

"내 말 못 들었어?"

막도위가 걸음을 떼어 놓자 둘은 황급히 화무린과 막도위를 번갈아 가면서 쳐다보더니 이내 소리치며 막도위의 뒤를 밟았다.

"대장! 같이 가!"

막도위 옆에 따라붙은 파호영이 뒤를 힐끔거리며 물었다.

"정말 이대로 포기하는 거야?"

그 말에 막도위가 입꼬리를 슬쩍 올리며 웃는다.

"큭큭, 너는 아직도 나를 그렇게 몰라?"

아니까 물어보는 거지 모르니까 물어보겠냐?

하지만 파호영은 속말을 입 밖으로 꺼내지 않았다.

막도위가 저렇게 웃는 데는 나름대로 생각하고 있는 것이 있을 터. 이럴 때는 얌전히 듣고만 있는 것이 녀석의 비위를 거스르지 않는 유일한 방법이었다.

녀석은 대답 대신 질문을 내던졌다.

"척 보기에도 아름답고 고풍스럽기 그지없는 물건이 상점에 있다고 치자. 그 물건을 만든 사람은 대단히 유명한 예술가여서 모두가 탐을 내는 그런 물건이지. 그러한 물건을 가지려고 하면 어떻게 해야 하는지 알아?"

"어떻게 하긴. 돈을 주고 사야겠지."

파호영이 당연하다는 듯이 대답했다.

그 말에 막도위가 고개를 끄덕였다.

"그래, 맞다. 상점에서 파는 물건이니 당연히 돈을 주고 사야지."

"그런데 그건 갑자기 왜 묻는 건데?"

막도위는 이번에도 대답 대신 또 다른 질문을 던졌다.

"그런데 그 물건을 사려고 하자 주인이 배짱을 튕기는 거야. 원래대로라면 일만 냥이면 살 수 있는 물건이지만 사겠다는 이들이 많아지자 물건 값을 올려 보겠다고 주인이 팔지를 않는 거야. 그럴 경우라면 어떻게 해야겠냐?"

그러자 옆에 있는 다른 녀석이 냉큼 대답했다.

"뺏으면 되지! 내 말이 맞지?"

막도위가 어처구니가 없다는 듯이 녀석을 쳐다봤다.

녀석이 자신이 뭐를 잘못했나 싶어서 주눅 든 채로 대답했다.

"내, 내가 틀렸어?"

막도위가 나지막이 혀를 찼다.

"쯧쯧, 그러니 네가 아직도 이 모양으로 사는 거다. 네가 깡패야? 남의 물건을 함부로 막 뺏게?"

두 녀석이 어처구니없다는 표정으로 막도위를 쳐다봤다.

막도위는 어려서부터 귀한 대접을 받으며 자라 왔다.

무림에서 가장 강력한 영향력을 끼치고 있는 사도련주의 아들이니 더 말해서 무엇 하겠는가?

옷은 최고급 비단이 아니면 입질 않았고, 먹는 것도 산해진미가 아니면 입도 대지 않았다.

한 점의 부족함 없이 자란 터라 귀하다는 것은 꼭 가지려고 들었고, 그것이 희소성이 있을 경우에는 더욱 그러했다.

그것이 만일 남이 가지고 있는 것이라도 예외는 없었다. 수단과 방법을 가리지 않고 그것을 뺏어서 제 것으로 만들어야만 직성이 풀리니 어려서부터 그를 따르던 이들은 그로 인해 곤란을 겪은 적이 한두 번이 아니었다.

그런 막도위의 입에서 저런 소리가 나오니 두 녀석은 기가 막힐 따름이었다.

"그건 대장이 자주 하던 짓이었잖아?"

딱!

막도위가 말한 녀석의 뒤통수를 냅다 후려쳤다.

파호영이 뒤통수를 마구 문질렀다.

"아야! 왜 때려!"

"그건 철없던 시절에 잠깐 했던 불장난 같은 놀이였으니 잊어버리자. 그게 언제 적 이야긴데 아직도 기억하고 있어?"

불과 이 년도 채 안 됐다고 말하려다가 파호영은 입을 다물었다.

괜히 여기서 말해 봤자 맞기밖에 더 하겠는가?

"이제는 나이가 들었으니 그런 짓은 하지 말아야지."

옆에 있던 녀석이 갑자기 생각났다는 듯이 손뼉을 친다.

"아하! 알겠다!"

"뭔데?"

"간단하네. 물건을 아주 비싸게 사는 거야! 너야 돈이 많으니 비싸게 사면 되지. 안 그래?"

막도위가 혀를 찬다.

"쯧쯧. 이런 멍청한 녀석들을 내 부하라고 데리고 다니고 있었다니. 너희들은 머리를 장신용으로 달고 다녀?"

대답을 했던 두 녀석 다 머쓱해져서는 어깨를 움츠렸다.

"그러면 어떻게 해야 하는데?"

"방법은 간단해."

"그러니까 그 방법이 뭐냐고!"

"그 물건이 가짜라고 소문을 내는 거다. 그러면 그 물건의 값어치는 일순간에 폭락을 하게 되고, 그 물건을 사겠다고 나서는 사람이 없어질 테지. 그러면 제값보다도 훨씬 더 싸게 살 수 있게 되지 않겠어?"

"아하! 그런 치사한 방법이 있었구나! 역시 막도위야!"

"큭큭, 고맙다. 사람은 자고로 머리를 써야지."

"그런데 그게 이 문제랑 무슨 상관인데?"

"쯧쯧, 이렇게 말해 줬는데도 아직도 이해를 못하다니."

막도위가 혀를 찬다.

"지금이야 저들끼리 수준이 비슷하다고 여겨 어울리고 있겠지만, 그런 것이 아니라는 걸 알게 된다면 정파 놈들이 지금처럼 그녀와 어울려 줄까? 품위와 격의를 따지는 정파 놈들이?"

"음, 아무래도 힘들겠지? 우리보다 가문이나 배경을 더 중요시 여기는 게 정파 놈들이니까."

"그러려면 뭐가 필요할까?"

두 놈 다 무슨 소리인가 싶어 멀뚱멀뚱 막도위를 쳐다봤다.

나쁜 짓도 손발이 맞아야 해 먹는 건데. 이거는 뭐 하나부터 열 끝까지 다 가르쳐 줘야 한다니. 이런 놈을 부하라고 두었으니 아무래도 내가 전생에 큰 잘못을 했나 보다.

막도위가 짜증 섞인 표정으로 말했다.

"정보! 정보가 필요하겠지? 그러니 너희들은 화무린에 대해서 뒷조사를 해줘야겠다. 뭔가 써먹을 게 있는지 아니면 구린 구석이 있는지 낱낱이 파헤쳐서 나한테 가지고 와. 알았어?"

"아, 그 말이었구나! 알았어!"

막도위는 조금 전에 만났던 화무린을 떠올렸다.

여지껏 자신이 보아 오던 여자와는 뭔가 달라 보이는 여자.

그에게 있어서 여자란 아첨과 아양을 떨며 자신에게 잘 보이려는 족속들이었다.

필요하다 싶으면 데리고 놀고, 불필요하다고 생각되면 가차 없이 버리는 장신구 같은 존재.

자신의 신분을 밝혔음에도 불구하고, 자신에게 일말의 관심도 없어 보이는 듯한 화무린의 건방짐과 도도함이 마음에 들었다.

원래는 남궁현승 패거리들과 어울리고 있다고 하여,

그에게서 화무린을 뺏으려고 온 것일 뿐인데, 직접 대면하고 보니 하는 행동이 마음에 꼭 들었다.

그는 진심으로 화무린을 가지고 싶어졌다.

"만일 그것이 연기였다면 나의 관심을 끄는데 성공한 것이다. 큭큭, 허나, 만일 나를 진짜 무시한 것이라면……."

막도위가 비열한 웃음을 지었다.

"내가 가지지 못한 것은 누구도 가질 수 없지!"

막도위 무리들이 멀어져 가는 것을 보고 있던 화무린 일행들은 그들의 속셈도 모른 채 대화를 나누고 있었다.

"듣자 하니 막도위 저 녀석 개망나니라고 하지 않았어? 듣는 거와는 많이 다르네?"

"헉."

당문화가 짤막한 비명 소리와 함께 고개를 힘차게 내저었다.

"저 모습만 보고 속으시면 안 돼요!"

"응? 뭔가 아는 거라도 있어?"

당문화가 남궁현승을 좋아하기 시작한 것은 다섯 살 때쯤 무렵이니까. 그의 상대인 막도위에 대해서도 그녀는 주워들은 것이 많았다.

"저 사람이 사람을 맨 처음에 죽인 게 일곱 살 때래요. 듣자 하니 부리는 하인이었다고 하던데, 세상에, 찻잔을 엎었다고 그 자리에서 죽였다던데요?"

"설마?"

"그리고 또 있어요! 여자관계가 되게 문란하대요. 걸핏하면 기방에 드나들고, 술도 엄청나게 먹는대요."

"남자가 술 좋아하고 여자 좋아하는 게 어찌 흠일까? 더군다나 기방에서 그런 거라면 아무 상관없잖아?"

"막도위는 건방지고 재수 없잖아요. 언니도 보셨잖아요. 사람을 막 위아래로 훑고! 재수 없어! 듣자 하니 사람들한테도 함부로 대한다고 하던데 언니는 절대 저 사람과 어울리지 마세요!"

"너 혹시 재가 너한테 큰 잘못이라도 했어?"

"아니요?"

"그러면 재가 너한테 껄떡대기라도 했어?"

"흥! 그런다고 제가 넘어가기라도 할 것 같아요? 어림도 없어요! 저에게는 오직 현승 오빠밖에 없어요!"

화무린이 혀를 찼다.

"쯧쯧, 그 정도면 병이다. 도대체 남궁현승 어디가 그렇게 좋아?"

그 말을 들은 당문화는 두 볼이 빨개지더니 어쩔 줄 몰라 했다.

"생각만 해도 좋냐?"

끄덕끄덕.

"됐다. 물어본 내가 잘못이지."

"헤헤헤."

"그렇다면 그것도 아니고. 그러면 너는 막도위를 왜 싫어해?"

"음……."

당문화가 한참을 생각하고는 대답했다.

"저희 오빠랑 사이가 안 좋잖아요! 그러면 저한테도 적이에욧!"

"친구의 적은 나의 적이라 이거냐?"

"친구가 아니라 미래의 남편이 될지도 모르죠. 헤헤."

낯간지러운 말에 화무린이 두 손 두 발 다 들었다는 표정을 지었다.

저렇게 부끄러워하면서도 뻔뻔하게 할 말은 다 하다니!

확실히 재미있는 녀석이다.

화무린이 피식 웃으며 말했다.

"그거야 주위에서 그렇게 관계를 만든 거고, 실상은 서로가 서로에게 피해를 준 건 없잖아? 파벌이 틀리다고 해서 상대를 나쁘게만 보는 것은 편견이다? 실제로는 좋은 녀석일지 누가 또 알아?"

당문화가 소리를 빽 하니 질렀다.

"그래서 언니는 저 사람이랑 어울리기라도 할 속셈이에요?!"

고성의 소리가 귓가에 맴돌다 사라졌다.

화무린이 엄살 섞인 표정으로 손가락으로 귓구멍을 후벼 팠다.

"아이고, 귀청 떨어지겠네. 아니, 누가 그렇대? 그냥 말이 그렇다는 거지."

그 때 어디선가 말소리가 들려왔다.

"그건 화 소저의 말이 맞네. 편견이란 무서운 것이어서 잘못하면 진실을 왜곡시킬 수도 있는 법이지."

말소리가 들려오는 것은 다섯 장 정도 떨어진 위치에서였다.

두 사람은 고개를 돌려 누군지를 확인했다.

"일부로 듣자고 한 것은 아니지만 말소리가 들리더군. 일부로 들은 것은 아니니 오해하지 말게."

그곳에는 나이가 제법 들어 보이는 노인이 자신의 수염을 쓰다듬으면서 걸어 나오고 있었다. 그는 다름 아닌 진상풍 관주였다. 그는 화무린에게 용건이 있는 듯 곧장 그녀에게 다가왔다. 이미 입학식 때 연설을 통해서 얼굴을 확인했기에 둘은 그가 무림학관의 관주라는 것을 대번에 알아차렸다.

"그대가 화무린 소저인가?"

"네, 맞는데요."

"반갑군. 나는 진상풍이라고 한다네. 이곳의 관주직을 맡고 있는 늙은이지."

당문화가 노인의 정체를 확인하고 고개를 숙였다.

"안녕하세요. 당문의 당문화라고 합니다."

"그대가 당문화 소저로군. 내 이야기는 가끔 들었네. 가주께서는 잘 지내고 계시는가?"

"예, 덕분에 잘 지내고 계십니다."

"그게 왜 내 덕분이란 말인가? 다 가주의 인품 덕이지. 여러모로 당문에서 신경 써 준 덕분에 이곳 학관이 무탈 없이 운영되고 있네. 가주께는 늘 감사하다고 대신 좀 전해 주게나."

"예, 알겠습니다."

"이 늙은이가 다름이 아니라 화 소저에게 용건이 있어서 이렇게 찾아왔네. 자리 좀 피해 주실 수 있겠는가?

"예?"

무림학관의 관주라면 당문화의 입장에서 보면 꽤나 높은 신분이다.

그런 그가 무슨 이유에서 화무린을 호출한 것도 아닌 직접 이렇게 찾아와서 용건을 밝히는 걸까?

진상풍은 그런 당문화는 아랑곳하지 않고 화무린을 쳐다보며 말한다.

"화 소저 시간 괜찮겠는가?"

"네, 뭐. 시간은 괜찮습니다만 무슨 일 때문에 그러시죠?"

진상풍이 주위를 둘러보며 말했다.

그들의 주위에는 학생들이 오고가며 힐끔힐끔 시선을 주고 있었다.

"여기서는 조금 그렇군. 내 방으로 자리를 옮겼으면 하는데 말이야."

화무린이 슬쩍 당문화를 쳐다봤다.

당문화는 자신보다도 한참이나 높은 배분의 진상풍이 어려웠는지 빨리 가보라고 눈치를 줬다. 그렇지 않아도 화무린도 진상풍 관주를 한번 만나 봐야 할 필요성을 느꼈다. 적인지 아군인지 확실하게 구분을 해 둬야 무슨 일이 생겼을 때 조력자로 써먹을 수 있지 않겠는가?

"알겠습니다."

방으로 장소를 옮긴 진상풍은 기감을 확대시켜 주위에 듣는 이가 아무도 없음을 확인하고 조심스럽게 입을 열었다.

그 모습이 사뭇 신중하고 조심스러워 보였다.

무림학관 내에서의 가장 높은 배분은 다름 아닌 관주가 아니던가?

관주의 방에서 그것도 당사자인 그가 무엇을 이렇게 조심스러워해야 한단 말인가?

그의 행동에서 화무린은 느낄 수 있었다.

자신의 방에서 남의 귀를 조심해야 할 만큼 그의 권위가 바닥으로 떨어져 있다는 것과 그를 주시하고 있는 사람들이 이곳 무림학관 내에 있다는 것을!

진상풍 관주가 헛기침을 한 번 한 후 입을 열었다.

"내가 돌려서 말하는 것을 잘 하지 못하니 바로 물어보도록 하지. 혹시 소저는 황오현 장로를 알고 있는가?"

"황오현 장로요?"

역시 그 문제였던가? 하긴 그 문제를 제외하고는 일면식도 없는 관주가 자신을 찾은 이유가 딱히 있어 보이진 않았다.

화무린은 일단 시치미를 뗄 작정이었다.

"처음 들어보는 이름인데요? 그분이 누구시죠?"

너무나 자연스럽게 시치미를 떼는 터라 하마터면 진상풍은 그 말에 속아 넘어갈 뻔했다. 하지만 여지껏 살아온 관록과 눈썰미는 그 누구에게도 뒤지지 않는다고 자부했다. 그는 화무린이 거짓말을 하고 있다고 확신했다.

"허허, 노부까지 속일 속셈인가? 그대가 무림학관에 오기 전부터 황 장로에게 서신을 받았다네. 이래도 거짓말을 할 셈인가?"

'서신? 직접 만난 건 아니라 이거지? 그렇다면 서신에는 어떠한 내용이 써져 있었을까? 혹시 내 정체까지도 알고 있는 건가? 이 사람이 어디까지 알고 있는 거지?'

"글쎄요. 저는 무슨 소리를 하시는 건지 잘 모르겠네요."

"허허, 조심성이 많은 아가씨군. 소저가 당문화 때문에 무림학관에 온 것을 알고 있네. 그가 나한테 당문화와 자네를 한 방에 넣어 달라고 부탁했지. 나는 처음에는 두 사람이 친분이 두터워서 같이 학관 생활을 하려고 한 줄 알았네. 하지만 내가 알아본 바에 의하면 둘은 이곳에서 처음 본 사이더구만. 내 말이 틀렸나?"

화무린은 마땅한 대답을 찾지 못했다.

몇 마디 대화를 나누는 것만으로도 눈앞에 노인이 만만치 않은 상대라는 것을 직감한 것이다. 부정을 하기에도 긍정을 하기에도 상황이 여의치가 않았다.

화무린은 그냥 침묵으로 일관했다.

"소저가 연 교관에게 한 일로 인해서 회의가 벌어진 것을 알고 있는가? 부관주가 소저를 주시하고 있네. 끝까지 침묵을 지키겠다면 내 말리지는 않겠지만, 더 이상은 내가 도와줄 수 없음을 알아야 할 것이야. 그렇게 된다면 소저가 꽤나 난처해지는 상황에 놓일 수도 있겠지. 허나, 만일 그대가 사실을 모두 털어놓고 내게 도움을 요청한다면 내 황 장로와의 친분을 생각해서라도 마땅히 그대를 도와줄 것이고."

쩝, 괜한 행동으로 이목을 끌었나 보다.

이럴 줄 알았으면 성질을 조금 누그러트릴 걸 그랬나? 하지만 이미 엎질러진 물을 주워 담을 수는 없는 노릇이다.

화무린은 진상풍 관주를 얼굴을 뚫어지게 쳐다봤다.

정광이 깨끗하고 심지가 굳어 보이는 눈이다. 노안으로 인하여 다소 색깔이 탁하기는 하나, 그 깊이는 연륜만큼이나 깊어 보이고, 그 어떤 유혹이나 회유에도 흔들리지 않을 굳건함이 엿보였다.

화무린은 관상을 보는 것에도 제법 조예가 깊었다.

이런 눈동자를 가진 사람은 자신의 소신을 지키기 위해 목숨을 버리면 버렸지, 결코 동료를 배반하는 법이 없다.

그러니 그 조심성 많은 황오현 장로가 이 사람에게 부탁을 청했다고 함은 그만큼 이 사람을 신뢰해서였을 것이다.

진상풍 관주를 자신의 편으로 만들 수만 있다면 무림학관 내에서 비교적 행동의 제약 없이 활동할 수가 있을 것이다.

지금의 화무린에게는 꼭 필요한 존재.

문제는 진상풍 관주가 자신과 당문화에 대해 얼마만큼이나 알고 있느냐인데.

한참 동안이나 생각한 화무린이 마침내 입을 열었다.

진상풍 관주 같은 이에게는 돌려서 말하는 것보다 솔직히 털어놓는 것이 더욱 나은 선택이 될 수가 있다.

그렇다고 모든 것을 다 털어놓을 생각은 없었다.

자신이 도움을 받을 수 있을 만큼의 정보만을 알려 줄 생각이었다. 그것만으로도 진상풍 관주는 기꺼이 도움을 줄 것이라 생각했다.

"좋습니다. 사실대로 말씀드리자면 저는 당문화의 신변을 지키려고 온 사람입니다."

"당문화의?"

진상풍의 얼굴에는 놀라움이 가득했다.

화무린이 당문화에게 접근한 것은 뭔가 목적을 바라고 온 것이라 여겼었다. 하지만 그녀의 신변을 보호하고자 이곳에 온 것이라면 자신이 추측한 여러 가지 상황과는 전혀 맞지가 않게 된다.

당문화의 신변을 보호하기 위해서라니.

무엇 때문에? 무엇으로부터?

사천당문이 다른 문파와 피를 부를 만큼 척을 진 곳이 있었던가?

"무림학관은 외부로부터 철저하게 보호되는 곳이라네. 당문화가 외부에서 무슨 잘못을 하고 이곳에 왔는지는 모르지만 자네가 생각하는 만큼 무림학관의 경비 수준은 낮지가 않네. 그런데도 이곳에서 당문화가 위험을 겪을 수 있다고 보는 건가?"

"무림학관을 무시하는 것은 아닙니다만. 당문화를 노리는 자들은 생각보다 높은 수준의 자들일 겁니다."

"흐음."

진상풍 관주가 신음성을 흘리며 말했다.

"하긴, 그러니 그 조심성 많은 황오현 장로가 자네를 부른 것이겠지. 혹시 자네의 사문을 알려 줄 수도 있겠는가?"

화무린이 잠시 망설이는가 싶더니 입을 열었다.

"저는 무영문의 제자입니다."

"무영문?"

진상풍 관주가 잠시 생각하더니 이내 화들짝 놀라며 반문한다.

"혹시 십대 신비 문파 중에 하나라는 그 무영문이란 말인가?"

"맞습니다. 제 사문입니다."

딱히 거짓말할 이유가 없음에 화무린은 솔직히 자신이 무영문 소속임을 밝혔다. 거래를 함에 있어서 솔직해진다는 것은 상대방에게 깊은 신뢰를 얻어 낼 수 있음을 의미한다. 진상풍 관주는 충분히 그럴 만한 가치가 있는 자였다.

하지만 화무린은 자신이 무영문주라는 사실을 밝히지 않을 것이다. 어차피 세상은 무영문이 일인전승 문파임을 모를 테니 말이다. 더군다나 지금은 여자의 몸으로 있는 상태이니 문주임을 밝힌다면 자신이 남자라는 사실도 밝혀야 했다.

그것은 마지막까지 감추어야 할 비밀.

결코 세상에 밝혀져서는 안 될 무영문의 비밀이었다.

"오호, 놀랍군."

진상풍 관주가 놀랍다는 표정으로 화무린을 살폈다.

"그랬었군. 그렇다면 부탁을 받고 당문화의 신변을 보호해 주고 있는 건가?"

"네."

"이제야 자네에 대한 궁금증이 풀렸군그래. 나이에 걸맞지 않은 고강한 무공을 지니고 있어 수상쩍게 생각하고 있었네. 철가장이라고 그랬는가? 무시하는 것은 아니지만 그런 곳에서는 자네와 같은 인재를 배출해 낼 수는 없지. 이제 봤더니 무영문이었군. 허허허."

진상풍 관주가 수염을 쓰다듬으면서 말했다.

"혹시 당문화를 노리고 있는 자들에 대해서도 말해 줄 수 있겠는가?"

어이어이, 그건 그렇게 가볍게 물어볼 문제가 아니라고!

자그마치 이십만 냥짜리 의뢰라고!

진상풍 관주의 말이나 표정을 보건대 당문화를 노리고 있는 자들이 당문과 은원이 얽힌 이들쯤으로 생각하는가 보다.

만일 당문화의 출생에 비밀에 대해서 말해 주면 그의 태도가 어떻게 변할까?

화무린의 생각이 맞는다면 당문화를 노리고 있는 적은 분명 무림맹의 대공자와 그의 추종세력들이 분명했다.

진상풍이 아무리 무림학관의 관주고, 무림에서 차지하고 있는 배분이 높다고는 하나 그들 세력에 비교하자면 그의 힘은 조족지혈.

더군다나 진상풍 관주가 지금은 비록 의리로써 황오현 장로를 도와주고 있다고는 하나 언제 그의 마음이 변심할지도 모를 노릇이다.

화무린의 입장에서는 불확실한 위험을 만들 바에는 차

라리 도움을 받지 않는 편이 속편했다.

"음… 그것은 죄송합니다. 더 이상은 말씀해 드릴 수 없습니다. 궁금한 게 있으시면 황오현 장로님께 직접 물어보시는 편이 좋을 것 같습니다."

화무린이 곤란하다는 표정을 지었다.

진상풍 관주가 고개를 끄덕이며 말했다.

"알았네. 더 이상 자네를 난처하게 만들지 않도록 하지."

"감사합니다."

"연 교관의 일은 내가 최대한 무마시켜 보도록 함세. 자네도 더 이상은 문젯거리를 만들지 말고 조용히 지내도록 하게나. 앞으로 어려운 일이 있으면 나를 찾아오도록 하고."

"알겠습니다."

"내가 더 도움을 줄 수 있는 일은 없겠고? 당문은 학관 내에서도 많은 도움을 주고 있는 곳이니 학관 차원에서 도움을 줄 수도 있는 일이네만."

화무린이 손사래를 치며 거절의 뜻을 밝혔다.

확실히 진상풍은 당문화의 문제를 가볍게만 생각하는 모양이다. 그러니 저렇게 도와준다는 말이 쉽게 나오는 거겠지.

'뭐, 본인이 멋대로 착각한 것이니 그냥 저대로 내버려 두면 될 일이고. 내가 굳이 친절하게 알려 줄 필요는 없겠지?'

"아닙니다. 그렇게까지 하실 필요는 없습니다. 괜히 긁어 부스럼 만든다고 그러면 도리어 가까운 곳에서 말이 나올 수 있는 법이지요."

황오현 장로가 호위를 요청했다는 것은 대공자 측에서도 무림맹주의 딸의 존재를 알고 있을 가능성이 농후했다. 어떠한 계기로 인해서 당문화의 존재가 그들에게 알려졌겠지. 그걸 황오현 장로가 감지한 것이고.

만일 그랬다면 그들도 그들 나름대로 정보망을 동원하여 딸의 존재를 찾고 있을 것이 분명할 터.

만일 당문화를 노리는 이들이 외부 세력이라면 모르겠으나 무림맹의 대공자의 세력이라면 무림학관 내에도 헤아릴 수도 없을 만큼 즐비했다.

학관 자체에서 도움을 요청한다는 것은 무림맹주의 숨겨진 딸이 여기 있다고 광고하는 꼴밖에 되질 않는다.

"그렇군. 내 거기까지는 생각하지 못했네. 아직 어린

나이에 무척이나 생각이 깊군."

화무린이 씨익 하고 웃었다.

"이 바닥에서 먹고살려면 그 정도는 기본이죠."

"하하, 그런가?"

"아참! 그리고 한 가지 더요."

"응? 말씀하시게. 나한테 무슨 할 말이라도 있는 건가?"

"이거는 그거랑은 관계없는 개인적인 일인데요. 혹시 최근에 학관 내에서 이상한 낌새가 느껴진다든가 수상한 사람이 침입을 했다든가. 뭐 그런 일 없었나요?"

"응? 그게 무슨 소리인가?"

화무린이 주머니에서 꼬깃꼬깃해진 종이를 꺼내 펼쳐 놓았다.

"혹시, 이런 기호 보신 적 있으세요?"

착각이었을까? 그것을 본 진상풍 관주의 얼굴근육이 부르르 떨었다.

"이건, 어디서 났는가?!"

그 격렬한 반응에 오히려 화무린이 더 놀랄 지경이었다.

"혹시 보신 적 있나요?"

진상풍 관주가 침중한 음성을 흘리며 이내 입을 열었다.

"실은, 몇 해 전 우연히 무림학관 내의 정보를 빼돌리고 있는 자를 발견했네. 내가 잡아서 심문을 하려고 했으나 스스로 독단을 깨물고 자결을 했지. 그때 그자의 품속에 종이가 한 장 있었는데, 그 종이에도 이러한 기호가 쓰여 있었네. 이건 도대체 어디서 난 건가?!"

"장서각에서 발견했어요."

"장서각이라면 서고가 아니던가? 그런 곳에 이 종이가 있었다고?"

"책장에 밑에 은밀히 숨겨져 있는 것을 발견했어요."

"흐음 그래?"

진상풍 관주가 침중한 표정으로 말을 이었다.

"요즘 무림학관이 예전 같지가 않네. 자네도 지내보면 알겠지만, 생각했던 것보다 편협함으로 가득 차 있다네. 처음부터 그랬던 것은 아니네. 뭔가 조금씩… 아주 조금씩 변해 가더군. 나는 그것이 세월 탓인 줄로만 알고 있었지."

"그건 사파의 세력이 정파에 비해 너무 커진 탓이 아닐까요?"

진상풍 관주가 고개를 저었다.

"그러한 영향도 물론 있겠지만, 그것은 근본적인 문제가 아니네. 무림에 정파만 존재한다고 평화롭고 의기 넘치는 곳이 될 줄 아는가? 천만에. 천만에. 인간의 본성은 누구나 똑같다네. 단지 표현하고 하지 않고, 절제하고 하지 않고의 차이일 뿐이지. 정파라고 해서 정의롭고, 의협심 많은 이들만 있는 곳은 아니지. 무림은 지금 곪아 가고 있는 중이네. 그리고 무림학관 역시."

"그런 말씀을 하는 이유가 혹시 무림학관 뒤에 또 다른 배후가 있을지도 모른다는 이야긴가요?"

"그래. 이해가 빠르군."

진상풍 관주가 고개를 끄덕였다.

"나는 이곳뿐만이 아니라 무림 곳곳에서 정체불명의 세력들이 있다고 생각하네. 그들이 알게 모르게 무림에 영향력을 행사하고 있는 게 아닌가 하는 의심이 들어."

"너무 심한 비약 아닌가요?"

"그럴 수도 있겠지. 하지만 생각해 보게. 지금의 무림은 마교나 천마교, 배교, 그리고 세외사마 세력들과 무수히 많은 전쟁을 치루며 오늘날까지 이어 왔지. 하지만 지난 백 년간은 무림 역사상 가장 길다고 말할 수 있는 태평성대를 누려 왔네. 그게 이상하지 않은가?"

"어째서죠?"

"무림이란 갑과 을의 관계처럼 늘 명확한 구도만이 존재하는 것은 아니네. 무수히 많은 세력들이 크고 작은 분쟁을 해결해 가며 세력을 확장하는 전쟁터 같은 곳일세. 하지만 근래에는 그들과의 분쟁은커녕 움직임조차도 전혀 포착되고 있지 않지. 마치 그들이 처음부터 존재하지 않은 것처럼 말이야. 이래도 모르겠나?"

"그들이 무림 침략을 포기했을 수도 있잖아요?"

진상풍은 단호한 표정을 지으며 고개를 가로저었다.

"아니, 그들은 결코 무림을 포기하지 않을 자들이네. 무림의 광활한 대지와 살기 좋은 기후 조건. 이곳은 그들에게 있어 지상낙원이나 다름없지. 이렇게 좋은 곳을 내버려 두고 그들이 포기한다는 것이 더 이상한 일이지. 그래서 나는 한 가지 가정을 해 보았네."

"그게 뭔가요?"

"그들은 이미 중원에 들어와 있네. 지금까지와는 다른 방식으로 말이야."

"설마 암암리에 무림에 잠식해 들어오고 있다는 뜻인가요?"

"나는 그렇게 생각한다네! 바로 이게 그 증거이지!"

진상풍은 꼬깃꼬깃해진 종이를 흔들었다.

"그래서 나는 은밀하게 무림학관의 내부를 조사하고 있었네. 그런데 어느 날부터인가 나에게 감시가 붙었지."

"무림학관 내에서 관주님을 감시하는 자가 있다고요?"

"그래. 어찌나 은밀히 감시하던지 나도 그들의 존재를 최근에서야 알았네."

"그들이 누군지는 밝혀내셨어요?"

진상풍이 고개를 가로저었다.

"아니, 괜히 섣불리 움직였다가 상대에게 경각심만 줄 뿐이지. 내가 그런 짓을 뭣 하러 하겠나?"

화무린은 그때서야 자신이 들어오기 전에 주위를 경계했던 진상풍 관주의 행동을 이해할 수가 있었다.

'흠. 관주의 무공 수준이면 능히 초 일류급 이상의 무공 수위일 터인데. 그런 관주의 이목을 속이고 감시할 수 있는 자들이라니… 과연 어디서 온 자들일까? 이거 괜히 골치 아픈 일에 말려드는 거 아니야?'

화무린은 괜히 말을 꺼냈다 싶어 조금은 후회가 되기도 했다.

뭐 주는 게 있으면 받는 것도 있겠지. 나중에 도움 받을 일이 있으면 설마 관주가 모른 척하겠어? 어차피 당문화를 호위하기 위해서는 위협이 될 만한 세력이 있으면 미연 방지 차원에서라도 알고 있어야 하니까.

진상풍 관주가 은밀한 어조로 물었다.

"그래서 말인데."

"싫어요!"

화무린은 그의 말이 이어지기도 전에 말을 단호하게 끊어 버렸다.

그 모습을 보고 진상풍 관주가 황당해 하는 표정을 지었다.

"이보게, 아직 말도 안 했네."

"보나마나죠. 관주님께 감시가 붙어서 자유롭게 행동할 수가 없으니 저보고 이에 대해서 조사해 달라는 거잖아요?"

"허허, 귀신이구만."

"꼭 된장인지 똥인지 찍어 먹어 봐야 맛을 아나요? 척하면 척이지. 그리고 관주님이랑 저랑은 오늘 처음 본 사이인데 초면에 이런 부탁을 막 해도 되나요?"

"그러지 말고 좀 도와주게나. 내가 오죽하면 그러겠나? 무림학관 내에 믿을 만한 사람이 너무 없어서 그러네."

"싫다니까요? 그리고 전 지금 일하고 있는 중인 거 아시잖아요. 이중 청부는 계약 위반이거든요?"

"이보게 화 소저. 진짜 이러긴가?"

"네. 이럴 건데요."

"내가 모든 것을 다 불어도?"

헐, 이 양반이 보자 보자 하니까 완전히 막나가자네?

"지금 협박하시는 건가요?"

진상풍 관주가 헛기침을 토해 냈다.

"크험! 내가 언제 협박을 했다고 그러는 건가? 다만 상부상조하자고 의견을 제시한 것뿐일세."

"그 말이 그 말이잖아요! 와, 진짜 치사해. 황 장로님은 관주님이 이런 사람인 거 알고 계시나요?"

"글쎄. 지금 그게 중요한 문제일까?"

와, 이거 정보나 하나 주워 보려고 괜히 말 꺼냈다가 영락없이 코 꿰이게 생겼네. 하지만 어떻게 생각해 보면 좋은 기회일 수도 있겠다.

어차피 이곳에 불순 세력의 간자가 숨어 있다면 위험을 미리 방지하기 위해서라도 어차피 조사는 이루어져야 한다.

진상풍 관주의 조력을 받으면 일이 한결 쉬워질 수도

있을 테고, 만일에 자신에게 무슨 일이 생긴다면 당문화의 안전을 보장받을 수 있을 것이다. 더군다나 자신은 누구에게도 말하지 못한 큰 비밀이 있지 않은가?

만일을 위해서 자신의 신분을 증명해 줄 이를 한 명 만들어 놓는 것도 나쁘지 않다 싶었다.

"좋아요! 하지만 저도 조건이 있어요."

"조건?"

"혹시라도 나중에 저의 신분에 관해서 문제가 생긴다면 관주님이 그것을 증명해 주셔야 해요."

"응? 그게 무슨 말인가?"

"제 직업의 성격상 화무린이 아닌 다름 이름을 가질 수도 있다는 말이에요. 그때 관주님께서 제 신분을 보장해 달라는 소리예요. 그 정도쯤은 해줄 수 있으시죠?"

상황이 어떻게 뒤바뀔지도 모르는 상황에서 화무린도 변체환용술(變體環容術)을 언제까지고 계속 지속하기에는 무리가 따랐다. 변체환용술을 유지하는 데는 진기가 계속 이어져 있어야 하고, 적지 않은 심력이 뒤따른다.

마음만 먹으면 계속 유지하는 것은 어렵지 않으나 언제까지 여자의 모습을 하고 있을 수만은 없는 노릇.

자신이 화무린의 모습으로 이곳에 입학한 것도 원래의

계획과는 다른 그때의 상황만을 면해 보자는 고육지책이었다.

화무린은 적당한 기회를 봐서 본모습으로 돌아갈 것도 염두해 두고 있었다.

그때 진상풍 관주는 화무린을 계속 무림학관 내에 머물 수 있게 도와줄 훌륭한 조력자가 되어 줄 것이다.

진상풍 관주가 잠시 생각해 보더니 대답했다.

"좋네. 내 힘이 닿는 데까지는 도와주도록 하지."

그 말을 화무린이 냉큼 받았다.

"좋아요! 계약 성립! 나중에 딴말하기 없기예요?!"

"걱정 마시게."

두 사람은 이 같은 결론에 서로 만족스러운 표정을 지었다. 특히나 화무린 같은 경우에는 엄밀히 따지자면 손해 본 것이 전혀 없으니 진상풍과의 대화를 통해서 꽤나 많은 이익을 본 셈이다.

"그러면 더 이상 하실 말씀 없으시면 저는 이만 가 봐도 될까요?"

"왜? 무슨 바쁜 일이라도 있는 겐가?"

"이놈이 자꾸 밥을 달라고 아우성이네요."

화무린은 공복으로 비어 있는 배를 가리키며 말했다.

"저는 아침은 꼭 먹어야 해서요."

주린 배를 움켜잡고 있는 그 익살스러움에 웃음이 절로 터져 나왔다.

진상풍은 화무린이 꼭 마음에 들었다.

처음부터 끝까지 자기주장을 굽히지 않는 모습에서 왠지 모를 여유스러움이 묻어 나왔다.

또한 나이에 어울리지 않은 사고나 행동들이 또래의 아이들과는 왠지 다르게 느껴졌다. 진상풍이 보아 오던 저 나이 때의 여자들과는 너무나도 대조적인 모습이었다.

무공은 갈고닦으면 일정 수준에 이를 수 있다지만 저러한 것들은 타고난 것이지 가르친다고 되는 것이 아니기 때문이다.

소탈하지만 경박하지 않고, 그 모습 자체가 솔직하여 상대방에게 호감을 이끌어 냈다.

진상풍이 웃으면서 말했다.

"그래, 어서 가 보게. 아직 식사 시간 전이니 서둘러서 가면 식사를 할 수 있을 걸세."

"그러면 이만 나가 보겠습니다."

그 말이 끝나기가 무섭게 화무린이 고개를 꾸벅 숙이더니 뒤도 돌아보지 않고 방문을 나섰다.

화무린이 나가는 뒷모습을 보며 진상풍이 나지막이 혀를 찼다.

"쯧쯧, 아깝군. 아까워. 여자가 아닌 남자로 태어났다면 가히 천하를 호령할 인재가 될 수 있었거늘."

그 음성에는 진상풍 관주의 진심이 묻어 있었다.

〈『천하제일 호위무사』 제2권에서 계속〉

천하제일 호위무사

1판 1쇄 찍음 2013년 1월 7일
1판 1쇄 펴냄 2013년 1월 10일

지은이 | 이민우
펴낸이 | 정 필
펴낸곳 | 도서출판 **뿔미디어**

편집장 | 이재권
기획 · 편집 | 문정흠
편집디자인 | 이진선
관리, 영업 | 김기환, 임순옥

출판등록 | 2002년 9월 11일 (제1081-1-132호)
주소 | 부천시 원미구 상3동 533-3 아트프라자 503호 (우)420-861
전화 | 032)651-6513 / 팩스 032)651-6094
E-mail | bbulmedia@hamail.net

값 8,000원

ISBN 978-89-6775-091-6 04810
ISBN 978-89-6775-090-9 04810 (세트)

※파본은 구입하신 서점에서 교환하여 드립니다.